三民叢刊 142

遠方的戰爭

鄭寶娟著

三民書局印行

書遁——代序

住到巴黎來以後，週末最常去的地方便是拉丁區的書店街。兩個書癡組成的家庭，成家才兩年多就砌起了幾面書牆，雖然讀書是最便宜的消遣，但每個月包括訂報訂期刊買雜誌和東一本西一本臨時起意買回來的書，結算起來也是一筆可觀的開支，所以每回到拉丁區書店街去，夫妻兩個就非得扮演對方的在野黨不可，免得一不小心就把整個書店買回家。

拉丁區的曲巷裡有家柬甫寨來的華人開的中文書店，店名叫「友豐」，不知怎麼，每回看到這塊招牌我就連帶想起「友直・友諒・友多聞」這句古人說的話來。「友豐」大部分賣的是大陸出版的書，極少極少臺灣與香港的著作，這倒無關政治立場與文化勢力，純粹只是一種生意經，因為一本書飄洋過海，價格非長十倍就難有利潤，臺灣與香港的書籍本身的訂價往往起碼就二、三十法郎，再乘十倍，肯定沒人買得起，況且書癡通常都是貧戶。

去「友豐」的次數多了，我跟另外幾個人就成了彼此的熟面孔，其中有兩位一高一矮都戴老花眼鏡的先生幾乎每回都碰到，他們彷彿相約而來，像小學童結伴到租書店去看連環畫一樣，對字裡行間的會心和體悟因為有人共享才更有拳拳到肉的歡喜。那回去「友豐」，見兩個老頭兒合看一本早已發黃的毛了邊的書，大概是個「孤本」，兩人的情緒節拍很一致，該皺眉時一起皺眉，該爆笑時一起爆笑出聲。我買了幾本書，然後推著嬰兒車跟先生去「龐畢度文化中心」看一個電影資料展，在那兒耗了三、四個小時，回頭想起把孩子的一件外套丟在「友豐」書店，風急火急折回頭去，卻見一高一矮兩位老先生仍然站在原先那個角落合看那本想必很精采的書。

文壇前輩瘂弦先生在應我之請為我的一本小說集寫序之前，曾很慎重地擬了十幾個問題讓我作答，以便進一步掌握我的創作觀，他提的問題包括這麼一個：「妳認為書籍是否會日漸為電子媒介所取代？」同一階段，我也留意到不少法國的報章雜誌闢出大塊篇幅討論相同的問題。當時我對瘂弦先生所提的那個問題略而不答，因為我的答案是悲觀的，可是又不甘心去認同它。

英國文學教授喬治·史坦納在他那本七〇年代末風靡西方知識界的文學論述《巴貝塔倒了之後》(*After Babel*)中宣稱，書籍的經典時代在延續了四百年之後，現在已告結束，現代人夜以繼日地生活在有線電視的視覺轟擊之中，各種片段的互不相關的訊息使我們的精神不勝負荷，再無法集中心力去讀足夠的書以充實我們的內在世界。跟他抱持同樣的悲觀論調，並為書籍的經典時代之結束預作宣告的不乏其人，不知做了半生文藝守門人的瘂弦先生是否也是其中一位，否則怎會有如此一問？

被那些為書籍的前途憂心忡忡的人士視為書籍的頭號敵人的是電視，因為電視有著驚人的對事件的描述能力，透過電視，我們看到發生在世界各地如暗殺、武力鎮壓、饑荒等各種重大事件，我們未離家園寸步，卻身臨其境、目睹其景地面對我們的時代各個重大事件，這種「直接面對」的錯覺，使我們感到擁有對各類事件的猜測與解釋的權力。除開驚人的描述能力外，電視還提供了各種極盡官能刺激之能事的娛樂，是一個五色雜陳的光的世界、影的城市。

我偶爾也看電視，但是電視傳播速度快，聲像瞬息即逝且無法保存的「單向溝通」特性，始終無法為我接受，我是那類看電視看得很吃力，半小時就覺得精神很疲累的人，所以每回聽到電視「搶」走大量讀書人口這種說法都覺得詫異，在我看來，看電視和讀書是型態完全不同的兩種消閒，一個喜歡看書的人永遠不會因為看電視而犧牲他讀書的時間，就像一個人不會為了吃牛肉而放棄青菜豆腐一樣。那些被電視「搶」走的人，極可能就是那些從未發現文字的魅力的人。

每年有千千萬萬的孩童背起書包走到學校去學讀書與寫字，他們當中有些人把讀書識字當成一種跟騎腳踏車一樣的普通伎倆，只是為生活多開一道方便之門而已，這樣的孩子長大了，他會讀報紙的專業版面或各種能教會他新知識的所謂「入門書」。但是有些孩子不同，「識字」於他有如一把可以打開各種奇幻世界的金鑰匙，他會快樂地迷失在那個由文字這種表意符號所構築的千進萬重的華麗城堡之中，一步步跨入氣象恢宏的人類精神史的長卷裡，推翻了時間與空間的經緯，使自己跟著無限無限起來。我認識這樣的孩子，「友豐」書店那兩個戴老花眼鏡「書遁」而去的老孩兒，用不著管他們那兩把格格作響的老骨頭，只要一納頭鑽入浩瀚無涯的文字世界，就好比孫猴兒駕起觔斗雲，轉瞬間到了十萬八千里外去。

離開「友豐」書店時，我一路發傻，想著應該把剛剛看到的那幕老頭兒「書遁」的可愛景象，齊齊整整剪下來，貼張郵票寄去給瘂弦先生，就當做對他提的那個問題的補答吧。

遠方的戰爭

目次

書遁——代序
遠方的戰爭／1
塑料的「草坪文化」／15
人間的階級／23
暴利與霸權的行業／31

關掉電視／37

新拜貨教／45

工作容易休閒難／53

窮而後賭／61

富國與窮國／69

「婉語」之必要／77

傲慢與偏見／85

巴黎中國城導遊／93

愛情經典／101
閹割女人／109
異國的異性／119
熱愛「醜聞」／125
君子風度的異化／133
好窺淫的清教徒／141
「狄凡・布朗現象」／147

假如麥子不死／153
瑪麗安事件引起的倫理論戰／161
雄獅的尾巴／167
流浪的面相／175
貼身的牢獄／183
英國廚子／189
一個目擊事故之忠實紀錄／195

行　走／203
鷹的感覺／209
華美的夏／217

遠方的戰爭

戰爭的根源

・一月十七日

我早餐準備了一半，突然聽到他在客廳大叫一聲：「開火了！」自從聯合國通過十二個決議案，要伊拉克撤出科威特後，他每天下班回家，便守著電視機，就像野營者面對一盆篝火一樣。當「一月十五日最後期限」定出來後，他也跟著進入倒數計日、計時的亢奮狀態，原本愛賴床的懶人，竟養成早起的習慣，每天提早一小時起床收看美國有線電視新聞網(CNN)的戰事快報，夫妻間交談，如果由他選擇話題，就一定是波斯灣危如累卵的局勢了。

我快速地在麩皮麵包上塗滿奶油，決定把早餐開到客廳的小桌几上去——這節骨眼，是無法叫他從客廳移陣到餐廳去的。當我用托盤把熱牛奶及麵包送到他前面時，聽到安全返航的一名美國軍官對著記者的麥克風說：「巴格達就像一棵點燃燈泡的聖誕樹。」同時看到坐在電視機前的他，緊握拳頭重重朝空氣擊了一記。

他機械性地吃麵包喝牛奶，兩眼始終沒有離開那屏螢光幕。眼看著他上班時間已到，我把他的風衣和公事包硬是塞入他的懷裡，同時關掉了電視機，他這才回過神來。走出家門後，他突然折回頭來吩咐我，一定記得繼續收視CNN的波斯灣大戰特別報導，「我有空會打電話回家問妳打得怎麼樣了。」

他熱愛各種智能與體能的角力，也從不放過任何競技性的活動，可能有著極重的破壞秩序的傾向，就像小兒把堆得平平正正的積木推倒時臉上會閃現一種殘酷的愉快笑容一樣，電視影片中只要有搶劫銀行或警匪街頭槍戰的鏡頭，他就不再跳臺。而在現實生活中，他只是個可憐的研究工程師，每天八小時坐冷板凳編製各種電腦程式。

那場他一開始就在精神上參與了的戰爭，是不是一步步地喚醒了他體內殘存的好鬥的動物性？他是不是帶著看拳王爭奪戰同樣亢奮的心情去看那場即將叫很多人家破人亡的戰爭？這些念頭突然叫我全身發冷，我同時想到劇作家田納西・威廉斯在《玻璃動物園》一劇中，假那個不能被一份倉庫管理員工作安頓的湯姆口中說出的有名告白：「男人在本能上是個情人、獵者與鬥士，倉庫管理員的差事，可滿足不了這些本能。」

是的，也許這就是戰爭的根源了。

英雄的規格

・一月十八日

波斯灣戰爭爆發後，第一批對伊拉克進行轟炸任務後安全返航的飛行員及指揮官，立即受到地面人員及等候著的記者英雄式的迎接與歡呼，一位領導十二架戰機轟炸伊拉克飛彈基地的叫華頓的指揮官，對電視攝影機做了個V字勝利手勢，說：「我看到最漂亮的煙火。巴格達就像一棵點燃了燈泡的聖誕樹一樣。」

一位叫陶第德的上尉飛行員以生動的表情和手勢描述了炸彈在地面上開花的情形，隨後又提到他勝利返航後的心情：「我終於做到了。只覺得渾身充滿一種放鬆的感覺。」

這兩位甫由戰爭中誕生的飛行戰鬥英雄，不知何由使我想到好萊塢以青少年觀眾為訴求對象的廉價勵志電影的主角，那類影片通常也都以「我終於做到了」(I did it)為情節收尾的句點。

不同規格的英雄有著不同的功績，可能是奪得自由車大賽的冠軍獎盃，可能是克服了自卑心理當眾做了一場漂亮的演說，可能是在意外災禍降臨時發揮了過人的勇氣拯救了旁人的生命，也可能是受命出動轟炸敵營時發射的每一枚飛彈都瞄中目標。

我比較麻煩一些。我想，只要戰爭是一種可預知的恐怖，是人類文明失敗的公開證明，是一切致力於更完美的世界構想徹底解體的標誌，並且對歷史的成就和美好的未來都投下巨大的陰影，就像教宗若望保祿二世所說的「令人震驚與深切悲痛」，那麼華頓與陶第德就永遠不可能是我的英雄。

客廳裡的戰場

・一月二十日

我們繼續睜大眼睛收視CNN的戰事快報，這家有線電視網三名留守戰火線上報導海灣戰況的記者蕭、賀立曼和安奈特，幾乎全面性地占據了我們的意識空間。

透過機動性高的戰地記者的攝影機鏡頭，我們看到美國空軍性能最優異的F十五E型戰鬥機對敵陣狂轟濫炸，我們看到斷水斷電陷入一片紊亂與黑暗的巴格達，我們看到手抱嬰兒倉皇於街頭的伊拉克婦女，看到摩拳擦掌急於投身戰鬥的約旦人與巴勒斯坦人，看到要海珊「及早覺悟」的布希和威脅布希「將會血流千里」的海珊，還有多國部隊每日都要對新聞界舉行的戰況簡報等等。只要一壓電視機按鈕，我們就比對峙的兩軍陣營中任何一員戰士更能掌握整個戰況，我稱這個叫「客廳裡的戰場」。

我突然想起，我們時代所有驚人的事件全都發生在客廳裡那一屏小螢光幕上，伊索匹亞的饑荒、雷根與戈巴契夫在雷克雅未克的限武談判會議、鎮暴坦克開入天安門、槍決獨裁者西奧塞古、活捉諾利加、推倒柏林牆、東德共產黨功敗引退。我們看到一張又一張的臉孔，因而我們對各種事件能做出屬於自己的猜測、解釋與評斷，如果不能看到那些臉孔，我們就只能把所有猜測、解釋與評斷的權利雙手奉送給那些站在第一線的記者。

就對事件的描述能力而言，電視確實是很管用的手段，我們用最近的距離看到雷根被刺時臉上的表情，看到戈巴契夫獲悉自己成為諾貝爾和平獎得獎人時的反應。電視的力量，經常輕而易舉地凌越在言語與文字之上。

但是我們並未因為電視螢光幕一會兒出現中南美的饑童，一會兒出現非洲的餓殍，而變得悲天憫人，相反的，由於我們對各種災禍早已司空見慣，我們終於日甚一日地麻木不仁。電視弱化了人們同情與悲憫的能力。

在我們的父親及他們的父親的時代，戰爭還是人們在別的什麼地方幹的神祕勾當，由於有了電視，遠方的戰鼓被電子鎗傳送到府，人人家中客廳都有一座戰場，戰爭竟跟你我的飲食、男女、排泄、消化同步進行。

戰爭開始不到一個星期，可是我似乎已習慣了它的存在。

人人有分的戰爭

・一月二十一日

午間新聞播出巴黎共和廣場旁邊一家超級市場的搶購情形，一包包的糖和一瓶瓶的油從貨架上被丟入手推車，記者攔住一個衣冠楚楚的老紳士，他的手推車裡至少站著兩打一公升半裝的礦泉水，「仗打起來了，」他說話之前四面張望了一下，「每次打仗，食品就短缺。這次打仗還會有恐怖活動，我們以後大概不敢輕易出門了。」

記者說這是戰爭症候群。搶購風潮從南方颳到北方，由老年人傳給了年輕人。餐飲業已經出現進貨困難的現象，政府的消費部門越是呼籲消費者莫為民生必需品的匱乏而驚慌，越是一再保證物質供應不會斷絕，搶購與囤積之風便越發熾烈。當記者說到市面已發生嬰兒奶粉短缺的現象時，我整個兒從沙發椅裡彈跳起來，我有一個還不滿三個月的嬰兒，餓的時候，晚一分鐘把奶瓶送上去，他的哭聲便會驚動公寓裡的全體居民。

我快速地更衣，把層層襁褓裹好的兒子放入嬰兒車裡，一陣風似地走入街心，才想到匆忙間忘了帶支票簿，又風急火急地折回頭，然後帶著支票簿，筆直朝離住家最近的一家西藥房趕去。

藥房的人告訴我我要的那個嬰兒奶粉的牌子已售光時，我當真慌了起來，一語不發地掉頭就走，一口氣推著嬰兒車跑了近兩公里路到了城裡後才停下來順氣。接著是逐家去收購奶粉，為了怕引起囤積稀有物品的懷疑，我每家只買一公斤裝的一包。兩個多小時時間，我跑遍城裡所有的西藥房，一共買到八包嬰兒奶粉，這打散的八公斤重的孩子的口糧，使我變得寸步難行，只好打通電話到孩子爸爸的辦公室去求援。當我在路邊一把長椅坐下來歇一口氣時，我心裡感到十分安慰，這八公斤奶粉至少可以維持到我的孩子五個月大的時候，那時戰爭果真打到家門口的話，孩子大概也可以用各種雜糧矇混著長大罷？

孩子的爸爸開著車子趕到時，望著掛滿一嬰兒車的奶粉，忍不住發笑了。把嬰兒車和做媽媽的為孩子搶購來的「戰時口糧」在車子裡安置好後，他開始說教：「妳這樣做跟那些大字不識一個的愚夫愚婦有什麼兩樣？聽到說打仗，妳就跟著瘋狂囤積東西？」我不抗辯，因為我認為母親的本能是不需要抗辯的。他似乎想通了，帶著笑意說：「算了，不說妳了，做媽媽的總是比較缺乏理性的。」

其實如此被那場「遠方的戰爭」所迫害這不是第一樁。一開戰，汽油一公升就由五法郎跳到六法郎，我們全家晚間開車在大森林區夜遊的節目已經協議暫時中斷一段時間，週末也不敢往巴黎跑，害怕人多的地方會有恐怖活動。臺北的家人早已訂好機票要來探望我們的新生兒，我們已開始倒數計日等待那個久別重逢的快樂時刻，因為中東燒起了戰火，他們被迫臨時取消飛行，我們引頸多時，只落得一場空。

那場戰爭有多遠呢？我們算過了，就在我們的家鄉和我們客居的國家的中途，但是兩頭都聽得到砲聲隆隆。平日這世界顯得多麼疏遠多麼大，打起仗來竟把它縮得那樣小，真箇是個「地球村」——人人都分到了一份焦慮與恐懼。

變調的星條旗之歌

・一月二十七日

法國的美國專家在電視上發表評論，說波斯灣戰事一起，布希總統聲望上漲，越戰結束後分崩離析的美國人的家國意識重新抬頭，這是這場戰爭的初期收益云云。

CNN的記者成篇累牘地報導了全美各地的愛國運動，愛國心最直接的標示星條旗連多年庫存都出清了，也還是供不應求，製造國旗的廠家因而大發利市。

美麗的妻子或情人，含著眼淚和著戎裝的心愛的人兒在龐然的軍機或軍艦的巨影下吻別，還有鬢髮飛霜的父母牽著稚齡的孫兒女，臉上帶著驕矜的笑容，目送他們那頭角崢嶸的兒子一步步邁向戰場。

這些精心剪輯的新聞影片的片段畫面，總是使我想起《七月四日誕生》那部電影的破題部分——高中剛剛畢業的熱血青年自願加入海軍陸戰隊，報到前夕，他興奮得不能睡覺，看電視看到凌晨全部節目結束奏星條旗國歌的時候，他滿心充漲著愛國情緒，對電視機起立致敬，直至螢光幕化為空白。然而影片的下半部，卻充滿了尖叫聲，那些熱血青年發現從耳畔呼嘯而過的是真正的砲彈，失聲尖叫與哭喊，那情狀完全不像軍人而更像孩童。

越戰結束到現在，據估計，有關那場戰爭的小說與回憶錄，已接近三百部，這近三百部越戰文學作品的共同基調，就是在信心破滅死神欺身時不能抑制的尖叫聲。

然後我又在電視上看到美國奧勒岡州一個僻遠的小鎮，為愛國情緒所驅趕的民眾，成千上萬地聚集在一個向陽的山坡地，用自己的人頭拼出一幅巨大的星條旗，對著安置在直昇機上的攝影機變化著圖案。

為美國人民著想，我在心中默禱對這場戰爭的解釋不會在這些人的有生之年就翻案，畢竟人的一生中，實在經不起兩次如此巨大的信心的破滅。一個國家也不行。

偏見與仇恨的種子

・二月二日

足足失眠了五個晚上，抱著孩子走路時，怕跌倒時傷害到他，總是扶著牆才敢往前移步。

我猜想是治膀胱炎的藥引起的副作用。醫院裡急診處的那個醫生吩咐我每晚上床前吃一顆，每天要喝至少三公升的水，我病怕了，一切遵照他的指示做。然而每次吃下兩顆特效藥後，就出現心悸耳鳴、口乾舌燥的生理反應，最嚴重的是徹夜不能入眠，清醒著卻要起幻覺，腦海中出現一幕幕悽慘可怖的景象，彷彿看到血、斷肢及破碎的臉。

我不斷往喉嚨灌水，腦中也不斷生出各種幻覺，開始明確地感覺到自己處於輕微的精神分裂狀態，有時甚至想到自己必須先寫好遺囑，不管是瘋了還是死了，我的家庭才不至於陷於不可收拾的紊亂狀態。

二月一日晚間新聞的一個報導把我震了一下。巴黎一所猶太教堂遭人扔汽油彈，附近接受訪問的居民表示，那些瘋狂的穆斯林信徒已開始製造事端，他們可能對所有異教徒下手。當晚的其他報導另外又提到，一艘英國商船已禁止三名原籍伊拉克的船員上船，有一家美國的航空公司拒絕了所有的阿拉伯旅客登機，在法國南部的一家醫院裡，有十幾個病人對醫院方面表示，不願接受該院兩位原籍北非阿爾及利亞的住院醫師的診療。海灣戰爭似乎已擴展為阿拉伯世界與整個西方的對抗，每個回教徒都成了一枚會走動的定時炸彈。

醫院急診處為我看病的正是一位來自北非突尼西亞的阿拉伯醫生，記得我們還交換了對那場戰爭的看法，他告訴我，戰事一起，法國境內的阿拉伯人處境是越來越艱難了，「法國人把所有的阿拉伯人都當成恐怖分子。」

我腦中浮起他躁烈的眉眼和他抑悒不展的神情。我同時想起回教的先知穆罕默德對他的追隨者的訓諭：「一手寶劍，一手可蘭經」，想到那個宗教，光為了先知法定繼承人的爭執，就在一代又一代教徒之間引起層出不窮的流血事件，遜尼派和什葉派教徒間的爭戰，也經常血流百里；還有在百貨公司大樓扔炸彈的阿拉伯恐怖分子，這些順服於阿拉的遊牧民族的子孫，似乎是當今世界動亂的根苗，開幾粒毒丸子給一個不信阿拉的女病人吃，把她弄得精神分裂、身心交瘁，又算得了什麼呢？為了免於成為波斯灣戰爭的犧牲者，我打了一通電話給我的家庭醫生，約好了時間去看他。

下午見了家庭醫生，我把那位阿拉伯醫生的處方和特效藥的包裝，連同醫院寄來的尿液檢驗報告一起交給他，並說出了我心中的疑慮。他不置一詞，埋頭研究了一陣之後才告訴我，根據尿液檢驗報告，我當時的膀胱炎已非常嚴重，如果不開重藥，恐怕會擴及整個泌尿系統，「換上我，我也會開跟那位阿拉伯醫生同樣的處方。」

回家的路上，我一路走一路想，連聲在心裡對那位被我曲解了的阿拉伯醫生致歉。我良知的醒悟使得我的思想分外地清明，我領悟到，戰爭最大的罪惡其實並不在於兩軍戰場上的死傷數字，而在於它傳播偏見與仇恨的能力。

可悲的是，在我們的方寸之間，總有一塊沃土，隨時準備好要讓偏見與仇恨的種子在其間抽芽茁長。

史蒂芬的輓歌

・二月四日

電視上播出史蒂芬的葬禮時，我正在做晚餐，油鍋正熱著，剛剛要把洗淨的青豆和蝦仁放進去時，聽到他在客廳叫：「快來看，第一批陣亡的美國兵已經運回去了。」我趕忙關掉爐火，從廚房奔到客廳電視機前面。

史蒂芬長得很好看，有一對溫柔的藍眼睛、潔白平整的牙齒和紅潤豐滿的唇。十九歲或二十歲，喜愛各種體能活動，認為從軍才是真正英雄的行業，是父母眼中叫人安心也叫人驕傲的孩子。他半白了頭的父親、腰身依然平直苗條的母親，和有一雙迷人的杏子眼的女朋友，極力抑制住眼淚，為我們拼湊出一個標準美國青年的畫像。

他的黑色棺木閃著流光，上面覆著大幅的星條旗，再上面是幾百朵鮮花編綴成的花圈。出殯的時候麗日和風，大自然沒有提出抗議，它以自己美麗的身軀再一次為人間的悲劇提供背景，從不曾灑過一滴淚水。

我自認懂得如何解讀訊息。漂亮健康的大男孩史蒂芬的陣亡，及國家英雄級的葬禮中悲愴的哀樂、親友的眼淚、聯邦政府代表的致弔、神職人員情溢乎詞的禱告，透過匠心獨運的取鏡，透過哀頑動人的襯底音樂，透過控制得宜的旁白，然後呈現在我們面前——這莊嚴化、儀式化了的死亡，已成為一種「殉難」的象徵。

史蒂芬生前為國家所需要，因為必須有人到局勢詭譎的波斯灣去，史蒂芬死後仍然為國家所需要，因為反戰情緒日漸高昂，抗議示威的離心分子指稱那是一場利益之爭，「不該以鮮血換取石油」(No Blood for Oil)，一場莊嚴化、儀式化的葬禮，把史蒂芬和所有跟他一樣投身海灣戰爭的軍人提昇為衛國戰士，他的殉難和人們為他灑的眼淚，使得《聖經》中的Memoria Passionis（苦難記憶）再度進入公共意識，為愛國情操的覺醒做最有力的陳說。

我為史蒂芬流下一滴清淚，眼淚抹乾了後，又回頭去炒我晚餐的主菜青豆蝦仁。

一九九一年二月十五、十六日

原載《聯合報》副刊

塑料的「草坪文化」

住同一棟公寓大樓的杜瓦太太來家中小坐。她來收每戶五十法郎的「草坪養護費」，同時帶來一份表格，上面列舉各種小灌木及草本觀賞用花卉的名稱，讓每個住戶選出今年夏季裡我們這個社區要栽植的花木。

我把圈選好的表格交還給她，她細閱了我所選擇的花木，笑著說：「聽說你們中國人是個十分熱愛庭園藝術的民族，花草成了生活裡的必需品，就連如何插一盆花也發展成一門哲學了。」我知道她說的是日本人，但是沒去糾正她，畢竟這是一個美麗的誤會。

杜瓦太太走了後，我憑記憶極力搜查「我們中國人」熱愛花木及庭園藝術的證據，然而浮現在腦中的卻只有臺北「假日花市」裡花販叫賣鮮花與盆栽的景象。

隔兩天我應邀到杜瓦太太家喝下午茶，一進門就深深為客廳的三面書牆所迷醉。杜瓦先生是一位退休的史學教授，曾應聘到北非的阿拉伯國家突尼西亞的突尼斯大學客座教學了近十年時間，對各種異質文化都有涉獵，近年來則集中心力研究東方文化，我之所以有幸成為他們家的座上客，大概與杜瓦先生的熱衷東方事物有關吧。

書架上那本《傳教士書信集》一眼吸引了我。整本書的重點是以「花園中的花園」(Jardin de Jardins)為範本來細寫中國燦爛輝煌的造園藝術，採書簡的寫作格式，對中國庭園藝術中的假山疊石、自然曲折及非幾何構圖大加頌揚，執筆的那幾位在清代初年進入中土的耶穌會神父，甚至稱那些建在疊石假山之後，只有曲折的磴道可通的亭閣是「神仙宮闕的人間樣本」。

由書中附錄的圖片可以看出來所謂的「花園中的花園」，指的就是被充滿貪欲的歐洲殖民掠奪者所燒毀之前的圓明園，那溪徑丘壑、山石水涯所呈現的神秘及野趣，自然不是按照比例與對稱的規則嚴謹地安排過的歐洲宮庭園林所能比擬。

那些對圓明園充滿熱烈頌詞的書信，終於在十八世紀中葉的歐洲捲起一股「中國園林熱」，當時歐洲的文化界巨人如歌德、康德、伏爾泰、盧梭也成了中國造園藝術的崇拜者，而德皇腓特烈二世、俄國的女沙皇凱瑟琳娜和法王路易十六的王后旺托涅特等政治權貴也身體力行，以中國式的庭園為模仿對象，造起「美麗的無秩序」的亭閣、瑤臺與碑坊。

當時耶穌會的傳教士往往也是造詣極高的藝術家兼學者，他們飽受西洋古典主義文化的薰染，幾乎個個都是藝術創作的全才，如來自法國的蔣友仁、錢德明、王致誠與韓國英，四個人都是畫家，尤其擅長風景寫生，其中蔣友仁還是一個受過嚴謹學院訓練的建築設計師，他曾參與了圓明園中西洋樓的設計與監造。這樣的美的信吏，自然一言九鼎，他們筆下反映著中國最高思想意境的園林藝術，果然在當時歐洲的上層社會帶起了影響深遠的「中國園林熱」的時尚。

大概是書架上這本《傳教士書信集》的影響，所以杜瓦太太才對中國人有了那層美麗的誤解吧，閱完了那本書，我才明白過來流行於十八世紀中葉之後的歐洲的「中國園林熱」，其實可以簡約地看成是「圓明園熱」。然而圓明園是一座以廣大的人民的汗水淚水、勞累辛苦所征集而成的，愚昧腐敗的封建君主在成功地模仿了自然的偉奇與神秘的皇家宮苑之中流連，也可自許羨慕漁樵耕讀之樂，然而這人為的雅趣與野趣，廣大的庶民階層根本沒份。

中國庶民階層的庭園之趣永遠是三間茅屋短短的籬，「採菊東籬下」那種在沉潛中體察自然之道，已是文士們的精神追求了，廣大的底層生民，永遠匍匐於塵俗泥塗之中，奔競衣食以求溫飽而已。

現在則連竹籬茅頂也不可得了。號稱有史以來中國人最富有的一塊土地的臺灣，鄉間老式三合院的庭院部分，悉數用水泥舖起，充做曬穀場，城裡櫛比鱗次的水泥盒子，難得見到綠地的保留空間，住宅區裡偶見一塊空出來的土地，往往也被流販搭起的篷架所吞噬，形成一個小型市集。

最令人扼腕的是「塑膠草坪」的興起。社區公園裡原本用來養草的空地給鏟平之後，鋪上一塊塊不透氣不漏水的艷綠色塑膠草坪，那顏色之呆滯刺目，對視覺簡直是一種戕害，這人造的草坪不長花不結籽，沒有「春風吹又生」的榮枯興替，而且風來聚沙，雨來積水，孩子們在上面奔跑追逐一陣之後，一根根逆刺般豎著的「草」便東倒西歪、或折或斷了，孩子們玩得忘我時偶一跌跤，細嫩的皮肉直可被扎得皮破血流，而不管它的壽命長短，廢棄了之後，則是一塊塊微生物永遠分解不了的龐然的無機垃圾。

這可憎的毫無美感可言的塑膠草坪在首善之區的臺北市隨處可見，想來因為它省錢省事，市政府有關單位便決定以之取代需要人工去養護的真正草坪了，而我們的市民們從來就不知道草坪也是健康人生不可或缺的項目，始終都沒有聽到任何抗議的聲音。

後來我又在幾個「不該」看到它的地方看到它，不由得大為慨嘆，劣幣逐良幣果真是一個鐵律，使得最基本的親近自然、與天地共呼吸的這種需要也被各層人士捨棄。聖凡之間竟毫無懸隔！

一處是生前有「五百年來一大千」之譽的國畫大師張大千先生的故居「摩耶精舍」。當時我以文化記者的身分，在摩耶精舍正式對外開放前夕前去參觀採訪，入門後不及細品屋舍庭園的設計佈局，即被到處舖著的塑膠草坪給敗了遊興。為什麼一位以傳播真善美為天職的藝術家，竟然能夠忍受那低劣惡俗的代用品？我以「何以選擇塑料草坪」就問於大千的親屬，獲得的答覆是大千先生退居休養於摩耶精舍時年事已高，為了防止他在園中散步時不小心滑倒，才以塑膠草坪代替真正的草坪。我不知道對如此的安排大千先生有何看法，但是我心裡確實為他感到委屈。

另外一處以舖塑膠草坪而令我大感敗興的地方是香火鼎盛的高雄佛光山。我以通譯的身分，陪一位應當時的高雄市長蘇南成之邀，來臺洽談在高雄港建一座雕像的紐約藝術經紀人前往，那兒鎮日以錄音機播放的誦經聲浪，壓克力玻璃的捐獻箱，操蹩腳英語引領外國觀光客遊園的比丘尼，在在與我想像中清靜森嚴的宗教聖地大相逕庭，尤其是四方形庭院中綠得怪異的塑膠人造草坪，更是叫人感到難堪。果然那位同行的藝術經紀人說話了：「他們不養真正的草坪的理由，絕不會是因為太窮。」

珍視草坪所具有的精神安定作用，在西方早已被視為一種文化表現，「草坪文化」這一名辭，已進入文化學辭典，它的涵義很深，不單單只是一種環境美化方式而已。

草坪文化源自人類對綠色原野的一種生物性的迷戀與嚮往，中世紀歐洲的貴族、騎士及僧侶、教士這兩種俗世與精神的統治階級，就有崇拜綠茵草坪的風尚，到了十四世紀至十六世紀義大利文藝復興運動期間，已確立了它的文化意義，當時高層社會的休閒與藝文活動，幾乎都以綠茵草坪為襯底背景，使得這種文化現象傳遍全歐洲，發揚光大，成了美好傳統的一部分。

現在的西方社會仍然十分重視草坪文化，視為一種高等精神文明的體現，土地除了耕田與建築之外，全部由草坪、林樹、湖泊或人工水塘所覆蓋。在環境與生態保護的浪潮下，歐洲共同市場國家就有一條不成文的規定，除了在施工期間外，所有的空地都必須加以綠化，以西德為例，為了維持一個美麗乾淨的居住環境，一個普通的家庭幾乎付出了日常支出的三分之一費用，最近波昂政府又通過一項法律提案，準備用世界上最嚴厲的刑罰，來懲治那些違反環境保護法的人，其中破壞草坪一項，將受到一年到三年有期徒刑的處罰。

我知道臺灣的中國人不養草坪，原因絕對不是因為太窮，而是起於對美的無感，對大自然的冷漠，對生活品質的不堅持。政府和民間的團體動不動就請來世界上價碼最高的表演明星與藝術家，工商企業界經常在熱門的社會活動中大手一揮，認捐了七位數字八位數字的款項，但是至今從來不曾有任何一個個人或團體，願意奉獻出財力與心力，為大眾植幾棵樹或養一塊草地，以至於市民們經常千步之後仍然不見一株芳草，長久下去，也許要以為柏油的黑與水泥的灰，是大地最正常的顏色了。

我真希望國內有人能發起催生與認養草坪的活動，有心人可以量自己的能力而為，從一平方公尺到一百平方公尺到一千平方公尺都可以，慢慢把綠色還給我們的大地。

但是首先該做的是揭掉並銷毀那些醜陋的塑膠草坪！

一九九一年六月十日

原載《中央日報》副刊

人間的階級

——從巴黎地鐵取消頭等廂談起

直到今年八月一日，巴黎地鐵公司正式廢除了巴黎地鐵頭等車廂時，我才透過新聞報導知道，巴黎地鐵是世界上唯一分頭等廂、二等廂的地鐵。說來諷刺，這個以「自由、平等、博愛」為革命口號和立國精神的國家，竟讓這個以票價來劃分乘客等級的體制在全國的首善之區存在了一百多年，成了平等精神欺身不了的一個大死角。

經常在巴黎搭地鐵的人，大概都會覺得頭等廂與二等廂的劃分，確實為乘客造成諸多不便。在交通尖峰時段，好不容易擠上一節車廂，才發現自己持二等廂車票卻跳上頭等廂，不得不從頭等廂匆匆跳下，再去擠二等廂車門。發現了倒是好事，否則被稽查員查到越級搭車，高達一千五百法郎的罰鍰可以足足報銷掉一個月的伙食費！尤其是當二等廂的乘客像沙丁魚般擠得鼻碰鼻時，看到另一些人卻悠然自在地端坐在乘客稀疏的頭等廂裡，心裡總是不對滋味，用消費能力來為人劃分等級，有時候實在是一種無此必要的惡。

其實巴黎地鐵頭、二等廂之間，除了座位顏色不同，及頭等保證有座之外，已無多大分別。而搭頭等廂的乘客，又往往成了扒手及歹徒下手的目標，這個邏輯很簡單，既然他們肯花更多的錢買票，可見他們比較有錢。扒手或歹徒在頭等廂沒有搶到錢的話，經常會在車廂塗鴉或以刀子劃破座椅來洩憤，所以頭等廂的髒亂破敗比之二等廂，也沒多少分別。

勉強要談兩者的區別，那就是人為的無形的階級性。頭等廂的票價七・八法郎，二等廂的票價五・二法郎，有些人就願意以這個差額來買他們心理感受上的舒適、買身分的殊異、買與其他人分隔開來的權利。有一位坐慣了頭等廂的老婦人接受記者訪問時，就直截了當地說：「我在頭等廂裡感到舒服自在多了，為什麼我願意多花點錢享受一下，卻連這個權利也硬要被取消了？」

二十世紀九十年代，民主的浪潮在歐洲幾乎衝垮了舊日封建體制殘留下來的階級分隔，雖然如今仍然有九國實行君主立憲體制，然而時勢所趨，英國、瑞典、比利時、盧森堡、西班牙等王國，君主僅是「國家的象徵」而無實權，丹麥、挪威、荷蘭的國王雖然尚有部分實權，卻也面臨改革的重大壓力，而且國王權力的行使，如無內閣大臣或議會的副署則往往無效，王位的繼承雖然仍採世襲，但是必須先跟國會報告，國會在某些情況下，有權依法選定王位繼承人。

以往歐洲王室與貴族為了維持尊貴的「藍色血液」，向來有不與平民通婚的傳統，然而這道禁咒近年已受民主潮流及自由戀愛意識嚴重衝擊，「藍色血液」已開始流入平民的血管，像英國女皇伊莉莎白的伯父「溫莎公爵」愛德華八世，為了與心愛的辛浦森夫人結婚而拋棄王位繼承權的例子越來越多，而挪威國王為了讓王儲哈拉德親王能和與他相戀十三年的平民女子結婚，甚至建議國會修改憲法，那對有情人終於結成眷屬。

封建社會的有形階級已逐漸沒落、消失，然而另一種無形的階級分級體制卻在我們這個重商拜金的時代裡，碩大無朋地站立起來，無孔不入地滲透到尋常生活之中，那就是由消費能力取決的人的等級。

最可悲的是，這樣新的階級制度，是連我們這個時代最引以為傲的民主精神也破除不了的，因為它本身就是一種民主精神的反映。用民主的角度來看，巴黎那位堅持要坐地鐵的頭等廂的老太太自有她的道理，她願意花更多的錢買一份不管是實質上的或心理上的舒適，是她做為一個消費者的自由，如今頭等廂硬是被廢掉了，於她是種權利的剝奪。

這個時代的民主精神就是人民做主，但是替人民做主的永遠是鈔票，「藍色血液」其實顏色並沒有改變，因為大部分的鈔票都以藍色為主色。「麗池」大飯店的第一代經營者在巴黎喊出「顧客至上」這句如今已被全世界人士視為經商者的金科玉律的口號時，大概不知他已喊出了二十世紀及可預期的未來的主要精神特徵。

階級是人為的產物，錢是唯一的評定標準。巴黎一家大飯店的總管，曾為一名來自產油國的大亨找來二十對動物，塞入他以私人專機改裝成的「方舟」中，以滿足他想扮演聖經人物「諾亞」的古怪心願；另一家飯店的總管，曾為一名女顧客火速買下一棟緊臨飯店的別墅，讓她可以沒事時在那兒蹓她那兩隻德國牧羊犬，他還為另外一個有飛行恐懼症的顧客，在由布魯塞爾開往米蘭的火車上，硬是加掛上了一節臥舖車。顧客至上，不，有錢的顧客至上，金錢當家，不管那錢是盜自國庫還是搶自銀行。民主萬歲。

階級無所不在。汽車是現代人最明顯的階級標幟之一，同樣是四個輪子的代步工具，但是價格的差距卻有十倍甚至百倍之大，而有車階級與無車階級在一些開發中或未開發國家裡，更是身分若判。我確實知道有些高價跑車，時速能高達兩百多公里，快得像沒有鐵翅的飛機，它的板金也比它那些價格十分陽春的同類厚幾倍，但是世界上絕大部分的公路，都不是為這類超高速的車子造的，逢上塞車時，它跟所有的車子一樣寸步難行，而撞車時，就因為它速度快，撞擊力特別大，往往要起火燃燒，就算板金再厚也保不了命。超過實用層面而多付出去的那幾十倍甚至幾百倍價格，其實買的就是一種身分的表徵，大概可以歸入「炫耀性消費」

行列裡面去。

跟車子一樣，房子也是一種重要的階級標幟。除開建材、地段決定的交通便利性，及周圍的綠化美化設施外，很多超高價購得的房子，房主為的是要住出一個身分來。臺北有一條「名人巷」，聚集的都是名人與有錢人，巷頭與巷尾都加設了崗哨，儼然形成了一個封閉的小世界，它以驚人的價格把一般人擋在外頭，輕易欺身不得。我們在巴黎近郊住的這個小城，擁有兩家大汽車製造廠，是工人階級的大本營，舉目都是四、五層樓高的公寓建築，兩公里外另一個小城，是大巴黎有錢有閒階級聚集的地方，房價比我們這兒高出好幾倍來，在那兒連買個牛角麵包，都得多付一些錢，兩個城市都靠近塞納河，同為森林所圍繞，在我看來居住品質並沒有多大的區別，唯一的區別可能是鄰居的身分，在另外那座城裡，偶爾會看到亞蘭・德倫戴墨鏡、開跑車打街心飛馳而過。為了免於跟工人階級雜居在一塊兒，亞蘭・德倫倒是願意以高價砌起一道護城牆，高高掛起「窮人免進」的牌子。

房子車子之外，幾乎所有的商品也都以標價來區分消費大眾的等級，甚至連民生必需品也細分起品級來了。人人都買得起的東西，只能滿足基本需要，只有大多數人買不起而成了少數人的專寵的稀有物品，才滿足得了虛榮。我在巴黎一家高級休閒服專賣店的櫥窗裡看過一件價值二十萬臺幣的女人睡衣，深深體會到現代人階級與階級之間的鴻溝，實在不比封建時代貴族與平民之間的距離小，用買那件睡衣的價格，可以買到一輛全新的平價汽車，而買一輛新車，在歐洲仍然是很多人終生企望的目標。

高爾夫球場是最具階級性的一種休閒設施。據說在臺北動輒要付出七、八位數字的價格才能買到一張會員證。日本雖然號稱連工人也打得起高爾夫球，但是他們在寸土寸金的本國也越來越打不起了，他們到夏威夷、巴塞隆納、里約熱內盧去打，國與國之間貧富的懸殊性跟著排山跨海而來。在一些早已人口負荷過重的大城市，坐車經過郊外，先看到貧民窟蜂巢般幾千個人捱著住在一起的簡陋公寓房子，隨後又看到放眼無垠無際的綠色汪洋般的高爾夫球場上，稀稀疏疏幾個揮桿的人，我總有去搞革命的衝動。可是革命的年代已經過去了，高爾夫球場是民主社會富裕進步的象徵之一，它雖然同時也是毛澤東口中的「資本主義社會罪惡的標幟」。

這是比較有形的階級區別，還有很多無形的階級區別存在我們的生活中。臺灣中小學裡流行的「升學班」與「放牛班」的二分法，不就是一種十分有力的階級教育嗎？成績單上的數字決定了老師對一個孩子的差別待遇，用不著等到進入充滿殘酷競奪的成人世界，一個孩子就嚐到了被劃分等級的滋味。寫過五百多本言情小說，而被金氏紀錄列為全球最暢銷作家的英國女作家芭芭拉·卡蘭特，曾言簡意賅的說：「在男人心目中，女人只有兩種等級，那就是美麗的女人和不美麗的女人。」這區分女人階級的方法，實在是最殘酷的一種，因為貴族王室可以被推翻，成績單上的紅字可以因為努力而改寫，但那層得之於父母的皮，總不能剝下來換一層新的呀。

我們的生命之中，已馱負了太多宿命的階級差異，一路活了過來，又無可避免地要依社會的各種衡量人的標準而被烙上不同等級的印記，也因此當我看到巴黎地鐵終於廢除了等級制時，心中自有一種寬慰。遲到總比不到好，這遲暮的平均主義，象徵著消滅人為階級的一種努力，因為如果連地鐵這樣陽春、這樣大眾化的運輸工具，都得劃分等級，那麼我們所追求的平等精神，也只能去烏托邦尋找了。

原載《中華日報》

暴利與霸權的行業

不久前香港歌手張學友在巴黎「天頂」劇場舉行的演唱會，聚集了近五千個來自五湖四海的旅歐中國歌迷，他們其中有很多人是預訂了旅館與來回機票，從歐洲其他國家飛來法國趕赴這場盛會的，主辦單位在歐洲地區發行的幾份僑報上大登廣告，稱張學友是「天王中的天王」，是「歌神」，演唱會當晚的盛況隔日便上了這些報紙的頭版。

這事很給了我一些感觸，歐洲的中國人因出生地及海峽兩岸三地政治意識形態之不同，很難真正融合在一起，各種不同團體的成立，也得源於血緣、地緣與業緣，圈子越劃越小，從來沒有任何力量可以讓彼此之間摒除成見齊聚一堂，沒想到一個香港來的流行歌手，卻輕而易舉辦到了。

這些演藝明星的身價與影響力，經常讓人感到匪夷所思，鄧麗君在泰國意外死亡後，有人倡議把她送入忠烈祠，有人提出替她發行紀念郵票，還有人動手替她塑銅像建紀念館；攤開報紙的影劇版，今天看到張國榮與臺北某家唱片公司簽下一紙過億臺幣的合約，明天又讀到郭富城與他的香港老東家續約，兩年的身價高達三千萬港元云云，這樣的盛名與暴利，看在終年匍匐於泥塗塵俗中奔競衣食，一日不作一日無食的勞動大眾眼中，大概會是一種嘲諷性的刺激罷？

而它造成的是這一代青少年價值觀的大翻轉。時下臺灣的青少年開口閉口談的不外是你最崇拜的偶像是誰我最喜歡的明星又是誰，要孩子們學好，還得發動演藝明星到校園去現身說法才成；香港不久前有過一項正式的意見調查，百分之八十九的中學生人生的第一志願是當影歌星；大陸也有好事者做了一次非正式調查，很多大學生都不知道楊振寧、華羅庚、陳省身是誰，但是他們當中卻有很多人背得出黎明、張國榮、周潤發這些港星的生辰日月、星座生肖！因此有憂國憂時者就在報紙上寫文章，說要扭轉這種風氣，傳播媒介不妨多報導科學家們的日常動態，把他們捧為「科技明星」，讓他們成為青年學子們的偶像。

演藝明星知名度與社會地位的暴漲，與傳播業的日益擴張有著絕對的關係，兩者間通常是彼此操控，互利共生的——演藝明星的一舉一動，是軟性新聞的上好素材，它投合了小市民對名人的窺視癖，小明星為了爭取演出機會，快快成名，就得借助傳播媒介讓自己不斷曝光，以製造知名度，有了知名度就有了群眾基礎，這時傳播媒介為了取悅視聽大眾，擴大銷路，不得不緊緊盯住他們的一舉一動，這兩者的關係，總使我聯想到阿拉伯民間故事裡的漁夫與瓶中巨魔：漁夫網起密閉的瓶子，拔掉瓶塞，釋放出瓶中魔來，瓶魔見風即長，直至碩大無朋，反過來支配漁夫。

現代人高壓力快節奏的生活，需要文化和娛樂活動來加以調劑，人人在八小時的工作時間之外，既不願空虛，更不願負重，刺激、放鬆、無目的戲耍於是成了生活不可或缺的一部分，而商品經濟主宰一切社會活動的結果，使得原先對藝術文化缺乏深刻感受與領會的普羅大眾，透過消費行為，決定了社會精神生活的主要內容，文化娛樂民主化的代價是，輕佻快活膚淺的通俗消遣，逐步淹沒深刻嚴肅的藝術活動，使那類詠情愛而無真心，歎悲懷而無滄桑的道白與唱腔成了時代之聲，這是已富裕了的社會為求錦上添花的一種頹廢活動，加上背後視聽娛樂工業利潤的運作，和各類傳播媒體的搭配操縱，在大眾視野聽覺的間隙佈下一張天羅地網，人人日以繼夜毫無緩衝地受它擺佈。

鄭衛之音不絕，滔滔者天下皆是，它的演繹者從而被抬舉到「王」與「神」的高度，這樣的知名度與影響力，人人都不敢等閒，也人人都想阿附，使得這些優伶所到之處，都享有近乎古代帝王般的尊榮與特權。

政治人物向來把選票置於一切之前，對他們而言，群眾就是選票，投合群眾之所好，是掌握選票的不二法門，所以群眾去看棒球賽，他們就到棒球場，群眾去聽演唱會，他們也會在那兒現身，群眾最崇拜的明星，也就成了他們的偶像。白宮領導人與好萊塢超級巨星的親狎往返，向來為美國傳播媒介所津津樂道。

從手工藝進入工業化的新興的太平洋邊緣島國，處處效顰美國，除了爭相上臺唱一曲「瀟灑走一回」以示與民同聲息共歡樂外，更經常要借助演藝明星對群眾的號召力來宣揚推行自己的政治主張。就連以「精英治國」為政治傳統的法國，也不得不借助熠熠星光來為自己壯聲色，瑪丹娜到巴黎舉行演唱會，當時身為法國總理的席哈克，不忘乘機上臺向她表示敬慕之意，法國政論家認為他這一著是為拉攏年輕一輩的選民；法國前總統密特朗在卸任之前的南韓之行，刻意帶上玉女明星蘇菲瑪索，他的用心昭然若揭，只有帶上在亞洲國家家喻戶曉的蘇菲瑪索，才能吸引韓國新聞界的重視與注意，以達到促進兩國外交及工商合作的目的。

就連一向被假設為清流，也應以清流自許與自居的學術界，也不斷向演藝明星拋媚眼，以分沾大眾的注意力，不久前香港浸會大學頒授社會科學榮譽博士學位給武打明星成龍，由榮譽校監港督彭定康親自主持頒發儀式，成龍事後對新聞界表示，他雖然連小學都沒畢業，但自有值得青少年學習之處，所以得「博士」學位並不感到心虛，但他不會因屢屢得大獎而自滿，況且世上仍然有些獎十分具有吸引力，比如諾貝爾獎和奧斯卡獎等，他都希望能在有生之年得到。香港浸會大學的博士學位信譽如何，由此可想而知，但是諾貝爾獎的評審委員，大概不會因為成龍的群眾基礎及票房成就，而頒個物理學獎或醫學獎給他罷，否則人類社會可能當真要退回黑暗時代去了。

一般商業掛帥的媒體沒有自覺自主自省能力，動輒以演藝明星鬧婚變或去拉皮的消息當頭題，來爭取視聽大眾的注意力，藉以廣闢銷路，這類媒體純為社會大眾消遣之助，無甚影響力，倒是那類以知識分子為訴求對象的嚴肅媒體也有這種阿俗、媚俗傾向時，才真正令人感到痛心疾首。《時代雜誌》選歌星麥可・傑克森為九〇年代的風雲人物時，這樣評述他：「他企圖把男人與女人、成人與孩童、白人與黑人全部結合在自己身上。」在我看來，這段評述純粹是華麗的附會，是文化界對那類超級商業明星高姿態、不失矜持的靠攏。眾所周知，麥可・傑克森十數年來花費數百萬美元去改造他那張扁鼻厚唇闊顎高顴黝黑皮色的臉孔，他的鼻子因整形次數太多從而破損下陷，這一連串整容行動所顯示的，正是他對他自身的種族、性別及逐漸增加的年齡的排斥與不適應，而他採用的辦法不外是拉皮、抽取脂肪、注射矽液、化學漂白等種種等而下之的手段，這是澈頭澈尾的低級趣味，那些權威評論家們卻挖心思絞腦汁賦予他種種社會及文化層次的意義，硬是把醜聞給當成佳話。

這兒我想起了美國導演馬丁・史柯塞斯對法國新聞界的一段談話。那回他偕同他最喜愛的演員勞勃・狄尼洛到巴黎宣傳兩人合作的電影《不法之徒》，提及他小時候居住的紐約義大利人聚集的社區，正是當時黑手黨的大本營，那兒的人看黑手黨頭子錦衣玉食，出門時前呼後擁，勞斯萊斯牌高級房車編成一支車隊，聲氣之壯無人能比，因此那兒的小孩長大後都不想當美國總統，倒是個個立志當黑手黨黨魁。馬丁・史柯塞斯長大後沒入黑手黨，因應志趣進了演藝圈，但是他認為美國的演藝圈其實跟黑手黨非常相像，這兩個圈子都享有暴利與霸權，是同質性很高而又聲息相通的行業。

暴利與霸權，這是多大的誘惑！我只希望我們的下一代人，不會因此而個個立志要當黑手黨黨徒或演藝明星。

一九九六年一月十日

原載於《中央日報》副刊
《光華雜誌》海外版轉載

關掉電視

假如你的孩子自小就是個電視迷，那麼當他長到十五歲時，他總共會從那一屏螢光幕上看到一萬三千個凶殺案、六千五百個搶劫案、一千七百個強姦案，和至少十一萬對裸露的乳房。而這些把戲他在家庭和學校生活中，是不會親身體驗到的，換句話說，電視節目是他關於犯罪訊息的主要來源。

假如你的孩子是個電視迷，那麼在他十二歲以前，每星期會坐在電視機前接近三十個小時，十二歲以後，坐在電視機前的時間將和坐在學校課堂裡的時間一樣長，而中學畢業後平均看電視的時間又比在中學時長得多。你的孩子可能因此跟其他大多數的孩子一樣，喜歡電視更勝於喜歡爸爸，在這些把看電視當成生活中最有意思的活動的孩子中的一個，前不久自殺了，他留了一封遺書交代自殺的理由：某個電視臺停止播放一部他最喜愛的電視影集。

因為你的孩子是這樣一個電視迷，所以他很少有機會長成為一個科學家、藝術家，或網球明星，因為所有那類高度發展腦力、體能和想像力的技能，都需要自小投注極大的時間與注意力，他付不起，因為他早已把所有的時間預約給電視機了。

瞧瞧你的孩子坐在電視機前的那個蠢模樣，他昂頭傾身、瞪大眼睛，微張著嘴，單單這樣一號表情可以維持到下一個廣告時段來到，這時他會快速摘下那副剛剛加厚了鏡片的近視眼鏡，胡亂在袖口上抹一下，然後一溜煙到廚房裡找出一罐可樂和一包巧克力餅乾來，這些零嘴都是那些提供電視節目的廠商向他大力推薦的，他們甚至把分量都設計得剛剛好夠他一邊吃一邊看完一個節目。你明白了吧？為什麼你的孩子和其他跟他一樣的電視迷孩子，在餐桌上總是胃口不佳，但是身材卻不斷橫向發展。

如果我把你的孩子那一身癡長起來的鬆鬆的皮肉全歸咎於「電視零嘴」，其實並不太公平。他癡胖，因為他不愛任何體能運動，原因？我猜想可能起於一種潛在的自卑感，替他設想看看，假如他剛剛才收看了那場山普拉斯對阿加西的美國網球名人公開賽，他還有勁道拿起球拍自己去抽一局嗎？他那樣菜，就算努力個十八輩子，也不可能打得像山普拉斯那樣「酷」，算了，那樣累又吃力不討好的差事還是讓給別人去做吧，反正看電視實況轉播的拚殺場面也就夠叫他興奮得聲嘶力竭了。

但是電視節目也有好的呀，你抗議，比如介紹大自然生態的影片，比如旅遊紀錄片，比如針對社會問題而製作的專題節目。當然，我不敢完全否定你這個說法，但是我想提醒你，讓你為你的孩子做個測驗，你找個機會讓他坐在電視機前面看一部關於某類野生動物的生態紀錄片，看完之後拿幾個問題去考考他，比如要他回答他剛剛看到的那種動物在動物分類學中，屬於哪一門哪一綱哪一目哪一科哪一屬哪一種，或者舉出牠有哪些天敵，牠分布在地球哪些區域等。

我知道你肯定不會得到很滿意的結果，這兒我們說到了電視做為一種傳播媒體先天性的缺陷了，是的，由於電視有傳播速度快、聲像瞬息即逝、保存性差等特點，雖然收視者比較容易產生面對面的參與感，然而卻不適合那類較具分析性、智識性的題材，加上它以普眾為訴求對象，必須以最底層的觀眾的認知水平為製作憑據，如此降格以求地把內容深度往下壓低，任何題材也都只是浮光掠影的庸見之拼盤而已。如果你的孩子不算太笨，你為什麼讓他在智能上與最笨的孩子看齊？

但是它比較真實呀，攝影機是不會做假不會欺騙的呀。是的，你有些道理，透過攝影機，我們可以看到各種重要事件介入者的臉，由於那些如假包換的臉孔的呈現，我們可以做出自己對事件的解釋與判斷。就對各種事件的描述能力而言，電視確是一種比較管用的手段。

然而就因為我們對它的「傳真」性有著如此執著的認定，因此更容易掉入盲信的陷阱。

我告訴你我的經驗：在我到巴黎之前，我已經透過電視上的旅遊紀錄片看過無數次巴黎了，我感覺凱旋門、艾菲爾鐵塔和香榭大道的景觀是如此熟悉如此親切，我心中已有一座栩栩如生的藝術之都。但是當我真正踏入巴黎時，我吃驚地發現它和我在電視上看到的是如此不同，灰石建築的牆面處處是鴿糞的汙漬、人行道上三五步就是一堆狗大便，地下鐵裡臭氣薰天，幾乎每個走道的轉角都躺著抱著酒瓶的浪人……我同時也看到拉丁區三步一家的書店，在那兒經常可以買到一個世紀以前就印刷的書籍，看到羅浮宮裡窮一生也不及細細品鑑的豐富藝術收藏品，看到著名而古老的學府裡正進行著的學術活動……我看到的巴黎也許沒有電視節目中的巴黎那般花俏繁華，但是我卻在它庶民生活尋常的節律中，體會到由這個城市所有共同構建者的智慧與心力所凝聚起來的美學風格，相形之下，電視畫面裡經過精心選取攝影角度的艾菲爾鐵塔，就顯得像廉價的招貼畫一樣，美得落套，也美得失真。

就因為我已在電視上看過艾菲爾鐵塔無數次了，當我親眼看到那座已有一百歲的鐵骨嶙峋的龐然的雕塑品時，我絲毫沒有新奇之感，這發現令我深深沮喪起來，那是我第一次深切地感到自己內在創生某些美好情感的能力，確實因為電視的存在，而被消滅了，於是我做了個決定，今後我要盡自己的可能，為我的孩子保留一個處處充滿令人驚歎的事物的美好世界，我不要電視攝影機替代他自己的眼睛與感覺，我不要那些經過人為選擇、加工、過濾的訊息，把他變成一個由電視媒體所創造出來的口頭俗文化裡的庸眾。

你認為我過度憤世嫉俗？你說你的孩子確實經常看電視，但他可沒有變得遲鈍，反而變得更加口齒伶俐，碰到任何話題都能滔滔不絕呢！是的，我也注意到這一點了，我發現你的孩子跟那些與電視一起成長的同輩友伴一樣，凡事總能出口成章、言之成理，這是電視教給他的最大的本事，在那個十三英寸到十九英寸大的黑盒子裡，商人聲嘶力竭地叫賣他們的產品，政客渾身解數地重複他們的政見，專家學人克盡厥職地傾銷他們的學識，長期在這種口腔文化的薰陶之下，你的孩子自然也就伶牙俐齒了，這樣一個孩子長大了，最好的出路是去夜總會表演「脫口秀」，或者去當逐戶推銷員。

就算你的孩子願意以「叫賣」為往後的營生手段，但是他出人頭地的機會也不會太大，因為有千千萬萬跟他一樣無所不知卻一知半解的人會來與他競爭，他們跟他一樣，生長在一個物理空間不斷縮小，而官能知覺半徑卻藉傳播媒體的神威無限制地延伸出去的世界裡，他們像一個個容器，夜以繼日地接收各種外來的訊息，那些訊息跟他真實的生活沒有多少關係，卻更加刺激有趣。

由於電視是你的孩子和他的同齡友伴生活裡最重要的內容，他們日復一日地在觀看中進行著自我的心理體驗，他逐漸與自然、與其他人脫離了接觸，在長期缺乏「生活的同感」的情況下，你的孩子與他的同代人，個個都將成了對未來不關心、胸量狹窄、極端自我中心的人，電視節目裡進行的一切，也成為他們口頭傳播的主要內容，「昨晚那部影集裡的一個條子，被砍了十一刀還沒死。」這是他們之間交談的話題，的確是很悲哀，電視為了討好最大多數的觀眾，而大量複製和渲染低層次的文化，你那缺乏辨別力的可憐的孩子，受了刺激之後，又突出了其中最令人不堪的部分，以延續曾體驗過的刺激滋味。

最可怕的是行為的模仿，瞧瞧那些以褻衣當禮服的十三四歲的瑪丹娜們，和那些穿鑲著荷葉滾邊的透明襯衫的小小「王子」們，他們以表露性感為職志，以拜金和物化做信仰，知道所有東西的價格，卻不認識任何事物的價值，他們自認消息靈通，自認走在時代前端，殊不知他們的一言一行，都只是庸見和低級趣味的崇拜而已。你的孩子就在他們之中，同樣滿口從電視上學到的流行語，滿身和廉價綜藝節目裡演藝明星一樣五花十色的行頭，他們只能通過這些二手三流的小把戲來表達自己、解說自己。

你知道我並不是憤世嫉俗，如果我的言詞不夠委婉，那是因為我了解事態嚴重。電視雖然不排放廢氣，但是它照樣汙染環境，它把你從廣闊的天地裡趕到自家客廳的一個小角落，遠離自然，遠離其他人，也遠離書籍，它雖然還不能替你想問題，但是卻能左右你該想什麼問題，它本身不會去殺人，但是卻不厭其煩地為你示範各種殺人的方法，它不會笨到疾言厲色地命令你這樣做那樣做，卻不斷地為你創作各種新的行為準則。做為一項「文明公害」，它唯一沒做的也只是排放廢氣而已。

所以為了你自己，更為了你的孩子，把電視關掉。我知道這件事情辦起來並不容易，有時甚至比戒煙還難。但是你要有膽識有決心才行，因為你的孩子之所以變成這樣一個五穀不分、四體不勤、頭腦不敏的庸才，全都是你自己鑄下的錯，當初你為了不買一套昂貴的少年益智叢書給他，就欺騙自己，認為電視上的動物影集可以代替它，當初你為了不讓他在屋子裡轉兩圈就又來煩你，你就揮手趕他去「看電視」，而最主要的原因是，你這個電視迷對他起了帶頭作用。

現在，關掉電視，帶著你的孩子走向自然走向書籍，去做那些你本該替他做而還沒做的事情。

一九九一年七月

原載於《聯合報》副刊

新拜貨教

我看到妳從街上回家，搬回大包小包幾乎跟妳自己的體重等重的東西。妳拆開包裝，一一檢視它們，剛剛在商店裡挑選、比較時尖銳的快樂已經慢慢消失了。總是這樣，一件東西還在商店或百貨公司的陳列架上時，往往都是非要到手不可的寶貝，但是一付了帳，帶回家中，它的魅力就慢慢消失了，要不了好久便成了一件礙手礙腳的累贅。

就拿那雙咖啡色的結了無數根帶子的羅馬涼鞋來說吧，擺在鞋店櫥窗裡看它，很有一種高雅的異國風，現在把它套在自己腳上，怎麼看都像腳背上爬了兩隻凶惡的大螃蟹，真是看了乏味，丟了可惜。其實那雙涼鞋並不那麼難看，只因為妳太容易得到妳要的東西了，所以它們在妳心目中的價值相對的就不足輕重了。

妳已經很久沒嘗到長久盼望一件東西而後終於得到它的那種深刻的快樂了，因為妳總是一想到要什麼東西，便立刻去買下，甚至連原來沒想要的東西，也不經心地隨手買下來。上街購物已成了妳生活的主要內容，它是妳的興趣、專長、娛樂與願望的總和，妳身邊也不乏跟妳有志一同的朋友，妳們以Window Shopping 來確認並開拓自己的慾望，而它是如此無邊無譜，往往連妳自己也駕馭不了。

法國哲學家笛卡爾的名言 Je pense donc je suis（我思故我在），到了妳那裡，就被改成 Je depense donc je suis（我花錢以便證明自己還活著），不管是表達快樂、失望或憤怒等任何一種情緒，妳都以花錢買東西來完成，受氣時妳花錢洩恨，逢上喜事時妳花錢來助興。從前妳還是個小女孩時，妳的父母總是以食物來表達對妳的愛，妳不與他們那一套了，妳認為妳的方法比較高明，妳以不同的禮物代替食物來表達妳對其他人的感情，妳因為跟李太太出去逛街而沒陪先生與孩子共度一個愉快的週末，妳心存歉疚，於是妳就為他們各帶了一件禮物回家。

有時候妳買一件東西，純粹只是因為李太太已買了或準備要買，妳認為她既不比妳美麗也不比妳聰明，為什麼她有的東西妳沒有？妳跟她一樣，都需要不斷通過各種時髦的財貨來解說自己、表現自己，妳的邏輯基礎簡單得可憐，妳認為買了價位越高、牌子越響的東西，就越能表現妳與其他人品味、身分地位之不同，殊不知那樣做充其量只表示妳比較花得起錢而已。一件香奈兒的大衣只是一件很貴的大衣，它跟妳的人格結構、智慧商數，甚至受其他人敬重的程度一點關係也沒有。

妳同時認為消耗的財貨越多，就意味著生活的文明程度越高，也因此妳和那些跟妳有同樣看法的人，就都理直氣壯地張大嘴巴、攤開雙手，鯨吞蠶食一個剛剛出爐的時代。用某種角度來看，妳們並沒有錯，所謂文明，在純粹物質的層次上，也就只是一種化簡為繁的過程而已，文明人為了喝層出不窮的各種飲料，動用的杯子就可以細分成幾十種，在一些比較「體面」的人家，光為了偶爾接待訪客，都必須準備四五套喝不同開胃酒的飲具，那些杯杯瓶瓶的陣勢真是壯觀極了，必須要一口占去客廳一整個牆面的大櫥子才陳列得下。但是文明在精神的層次裡卻有著完全不同的定義，記得那個對國王的來訪都無動於衷的古希臘哲學家嗎？他原先還用一個陶杯打水喝，後來他發現用雙手掬水而飲照樣可以解決喝水的問題，連陶杯也不要了。在那個故事裡，哲學家並沒有告訴我們「沒受到汙染的水是世界上最健康的飲料」的道理，但是這一點我想妳自己也想得到。

妳為了維持所謂的比較「文明」的生活程度，只能拚命工作，也驅使妳的丈夫拚命工作，把所有能賣錢的時間都賣掉了。妳在妳的孩子才三個月大時，就把他交給了保母，妳甚至說不出他什麼時候發了第一顆牙，什麼時候邁出去他生平的第一步，又在什麼時候叫出第一聲媽媽。妳和妳的丈夫都拚命工作賺錢，然後又拚命花錢來犒賞自己的辛勞，賺錢和花錢兩樣事情都很消耗心力，寶貴的青春就在物質的迎送中大幅消損，甚至不留下一點貼心的回憶。

妳這個走在時代前端的時髦人，對經濟學的認識，依然停頓在凱因斯的「消費刺激生產」的層面上，妳認為消費可以刺激資金與財貨的流通，從而創造就業機會，促進社會繁榮。這是一個十分片面的看法，這套經濟理論的實踐，往往只造就了其他國家的經濟戰績，事實上一國國民的超額消費，耗損的永遠是自己國家的總體實力而已。

妳的消費行為只受到產銷者的鼓勵，因為他們是唯一的受利者。為了刺激妳的購買慾望，他們挖空心思變化產品的花樣，以投合妳「新的永遠強過舊的」的心理。新力公司曾在一年內推出五種新型手提高傳真電唱機、九種迷你型轉盤唱機、十幾種揚聲器、擴音器等。有些生產大眾化消費品的廠商，甚至有步驟地通過產品的結構和質量，人為地縮短產品的壽命，這樣做唯一的目的是讓妳加速汰舊換新，扔掉原有的再買新的。最好妳用了就丟，以新力公司的熱門產品「隨身聽」為例，他們希望能用最便宜的材質換掉錄音機該有的高級機件，再加上大幅開發市場，有一天可以把「隨身聽」變成一種普通玩具，隨買隨用，隨用隨丟，這不是臆想，事實上現在就有這種「一次壽命」的照相機了。

東西越來丟得越快，快得妳甚至來不及感覺妳擁有它。以前的人常常以大到可以穿父親的西裝而感到溫馨光榮，以可以和姊姊共穿一條裙子而更深刻地體驗到手足之情，現在這些事情聽起來簡直像懷舊電影裡的情節。市場觀察家指出，以目前商品的淘汰速度來看，快則五年慢則八年，妳家中所有的家具和日用品，大部分將會從市場中消失掉，或被降低品級以次等貨色的價格出售。

一些稀奇古怪的產品也隨著生產與銷售的需要應運而生，比如打開生蠔的電動刀、可以自動變換水龍頭流量的調節器、電動牙刷等，這些時髦的玩意兒也許妳會基於好奇而買下它，然而往往新鮮感一消失便被妳束之高閣，它們用處不大，造成的浪費卻十分驚人，是一種無價值的創新，多少帶點炫耀新技術的成分。這類的產品使妳與物的關係不再是實用型，而是遊戲型，然而妳為它掏了腰包，輸家永遠是妳這一方。

為了叫妳多買一些，量越大的貨品折扣率就越高，一打裝的永遠比半打裝的便宜，還有「每日一物」的傾銷活動、換季大拍賣、新產品削價試銷，和其他數也數不清的展銷花樣，都在誘發妳的衝動消費慾望。為了「賺」取那個折價的差額，妳便成箱成箱、成打成打往家裡搬一些不需要的東西，永遠也沒法子搞懂「羊毛出在羊身上」的道理。一家三口人，妳衛生紙一買四十六卷、牛角麵包一買三十六個，家庭裝可樂一買十二瓶，如此一來，妳家冰箱裡永遠有超過安全存放日期而沒吃完的食物，房間每個空的角落都堆放著可能隔年才會用得到的東西，衣櫥裡堆滿早已退了流行卻還沒穿上幾次的衣服，而這些浪費妳卻看不見。妳從沒想到買再便宜的東西都不如不買來得經濟。

妳花的是妳自己辛辛苦苦賺來的錢，為什麼我還要在這裡呶呶不休地和妳討價還價呢？因為雖然我們生活在一個科學昌明的時代，但是依然沒有跳脫出「閉鎖物質」的系統，客觀地說，生產與消費就是一種消耗資源的過程，資源枯竭之日也就是人類的毀滅之日。

在很多地區，由於超額消耗自然資源，都面臨了「資源資本」的枯竭與破產，這樣的破產在歷史上不知埋葬了多少文明。妳知道嗎？由於濫耕導致地力減退，必須以幾倍甚至幾十倍的工時來彌補，在某些放牧過度的牧場上，牛必須走上幾公里路才能吃飽肚子，以至於牠們攝取到的能量剛好和牠們消耗掉的能量相抵消。而為了獲得製造衛生紙用的處女紙漿和製造高級家具的原木，必須大量砍伐森林，從而造成水源的枯竭，使得很多生活在遙遠不知名地方的人們流離失所。為了維持像妳過的這樣高水準的生活，犧牲的是其他地區人們最基本的生存條件。妳於心何忍？

根據科學家的估計，要把「閉鎖物質」的系統，成功地轉變成「循環物質」的系統，可能還要等上幾代人的時間，然而地球所蘊藏的資源，也就僅夠幾代人的使用而已。為了維持我們這一代人高水準的生活，不惜迅速消耗地球資源，預支掉屬於我們子子孫孫的必要生存資本，到那個時候，也許他們會被迫回到低水準的社會去，僅僅為了溫飽就得終日奔波。我於心何忍？妳於心何忍？

回頭我們再來瞧瞧每天從妳家搬出去的垃圾吧，它們幾乎就跟妳每天從市場搬回去的東西等量，不久它們都會被運到垃圾山上去，處理的方法就是放火燃燒。它們夜以繼日地燒，然而減損的數量永遠趕不上製造的數量，而燃燒時釋放出來的毒氣，又會回到妳住的城市裡，多多少少有些要跑入妳和妳孩子的肺部去。所以看在大家的分上，更重要的是看在妳自己的分上，少消耗一點資源少製造一點垃圾吧。

在南太平洋美拉尼西亞群島上的土著社會裡，曾經存在著拜貨教。那些還過著石器時代生活的土人，在歐洲人帶著他們新發明的東西和奢侈品到那兒去時，還以為是用法術變出來的哩。白人把從船上或飛機上卸下來的東西統統叫做「貨物」，所以凡是白人的東西，土人都叫做貨物，拜貨教的新信仰於是就這樣誕生了。

他們相信，有一天會有幾百架飛機從空中丟下很多大蛋，那些大蛋會自動爆開，走出一隊美國兵，卸下各種罐頭、家用電器和汽車。有一段時間，那兒的土人把所有的錢都存起來，準備買美國總統詹森，他們的道理很簡單，既然美國是世界上最有錢的國家，而詹森是美國最有權力的人，自然他是世界上把持最多貨物的人了，買下詹森，就可以得到心裡想要的一切。

不要笑，我告訴妳這個並不是讓妳當笑話聽的，每次看妳面對商店的櫥窗時那副虔敬的樣子，我就會想到南太平洋上那些信拜貨教的土人。我猜想可能的話，妳也想買下詹森總統。

一九九一年九月二日

原載《聯合報》副刊

工作容易休閒難

倫敦市立動物園的一位管理人員，為園中的大猩猩設計了一種「先工作才有東西吃」的管狀飼養器，飼養器的一頭擺著切好了的蔬菜，大猩猩必須以樹枝插入管上的穿孔，將裡頭的食物慢慢推到管子的另一頭，方才得以取食。在英國國家電視臺的新聞節目中看到這個饒富趣味的報導後不久，又在一本雜誌上讀到一篇預示「休閒時代」的到來的文章，不由得浮想聯翩。

倫敦市立動物園中那隻大猩猩，只需靜處籠中供人觀賞，便已完成牠存在的功能，根本無需從事任何勞動，為什麼管理人員非得為牠創造額外的就業機會呢？原來黑猩猩這種高智能的哺乳動物，在安全與飽暖無虞的籠中，竟日無所事事，生存的意志逐漸變得消沈，為了豐富牠的生活內容，刺激牠的生存意志，管理員才挖空心思設計出那個以食物為工作報酬的飼養器來。

工作的意義似乎就在於此。幾千年來，人類一直就以工作來定義人生。榛狉未啟的時代，人這種直立前行的動物，必須徒手對抗各種天災、天險與天敵，以求取一小方生存空間，覓食的時間往往數十倍於進食的時間，僅僅在上半個世紀，人類過的仍然是一日不作即一日無食的生活，一天工作十幾個小時是常態，就在我寫這篇文章的這個時刻，一個住在墨西哥朱卻肯州的印第安婦女，也得為了燒煮黑豆來做肉末餡餅，和餵養幾隻小雞，而走五英里路去一個山坡上打一桶水，她平均為了讓家人與自己吃上一頓飯，就得工作五個多小時！工作可以說是她睡眠以外生活的全部內容。

存在主義作家卡繆曾說過，「要了解一個人就必須先了解他怎麼營生」。社會學家休斯(Everott Hughes)認為現代人在人際對應的諸多角色中，以他的職業角色為「主角色」(Master Role)，是這個角色決定了他的生活形態、人生價值取向，及他人對他的評價。我們提起一個人，通常會說，「他是個老師」或「他是個工人」，就是以他的職業角色來涵蓋他全面的存在。就因為工作是人生壓倒性的內容，人存在的意義及價值只能從中去尋找，一個孩子呱呱墜地之後，幾乎便開始了他往後職業生命的準備工夫，中國人給滿一歲大嬰兒「抓周」的習俗便是由此而來，而一個勞動人口在退休之後，似乎也就失去了他做為社會人的積極意義。工作已深深鏤刻在我們的遺傳基因之中，「工作就是人生」的說法並不為過。

在有沈重工作壓力的時代，人們匍匐於泥塗塵俗之中，奔競衣食而不及，工作的中斷也只求喘息而已，所謂「休閒」的這種需要，還是近幾十年才產生的一個尖新的概念。在歐美及日本這些高度發展的國家，生產力因自動化而提高，組織成本也藉著高效率電子資訊科技的通行而大幅縮減，勞動人口相對地逐步減少工作時數，由十二小時工作制而十小時工作制而八小時工作制，一路節節縮短，這種轉變壓縮在數十年之間完成，到了今日，歐洲已有很多國家以一週工作二十八小時到三十小時，只工作四天為目標了，人們於是有了越來越大塊的休閒時間，所謂的「休閒時代」終於宣告到來。

一部人類的歷史就是一部勞動的歷史，休閒完完全全是屬於二十世紀末的新課題，隨著休閒時間的增多而衍生的社會問題，使得人們警惕到，休閒似乎是一個比工作更難應付的狀態，因為幾千年來人類一直被訓練著為生存而工作，卻從來沒有被教育過如何為休閒而生存！

美國著名的勞工領袖道格拉斯・佛雷澤，早在五〇年代就預見了因自動化生產而大幅縮短工時的時代的到來，他認為就算美國產業界有能力吸收掉由五天制變為四天制，而增加百分之二十以上的生產成本從而造成的經濟震盪，美國的社會也難以應付那些勞動人口手上突然多出來的大把時間所造成的社會震盪。

除了因縮短工時而增加的休閒時間外，退休年齡的提早到來，也為社會學家製造了許多棘手的新課題。這位勞工領袖以他最熟悉的汽車製造業為例，認為二十歲入行、五十歲退休是極合理的事情，因為那行有許多像濕磨、火銲等非常辛苦的活兒，加諸極端單調乏味的流水線上的操作，「幹上三十年就已夠受了」。這些在壯年末期就退休的技術工人何去何從？會不會像過去那些不贊成縮短工作年限的企業主們所顧慮的那樣，沒正經事可幹就去惹事生非呢？長期賦閒會不會造成精神失重呢？佛雷澤構想的因應之道是把他們再送回學校去從事新技能的學習，但是得有個前提，就是為了適應退休者的需要，政府必須因應情勢，為他們設計一套全新的教學體制與內容。

然而有些社會學家卻認為佛雷澤的構想太過一廂情願，他們認為不為任何實利目的學習缺乏自發的精神驅力，只能偶一為之，不能持之以恆，更不用提「以學習為休閒」了。那麼假如佛雷澤「退休後再教育」的構想是一種職業教育的話，則意味著那些提早退休的技術工人將再度回到就業市場，他們最可能從事的行業是無技術低報酬的服務業，國家社會能否創造出那麼多額外的就業機會是個大問題，而且也失去了讓他們提早退休的意義了。

其實就在西方人津津樂道關於一個「休閒時代」的種種可能面貌的當兒，他們就同時忍受著他們當中百分比越來越高的人「被迫休閒」的棘手局面。這支在西方國家動輒以百萬計的失業大軍，雖然拜福利國家完善的社會保險制度之福蔭，就算長期賦閒也無凍餒之虞，然而雙手插在褲袋裡四處閒蕩的日子可不好打發，尤其是在工作倫理與價值仍然全面支配著人生意義的時代，失去工作幾乎就意味著失去做人的價值。

前年英國一個叫伯恩斯的失業汽車工人，在英國一家報紙上登廣告公開拍賣自己，他於一九八六年失業後，曾根據報上的小廣告四處求職，結果不斷地碰壁，絕望之餘只好自掏腰包登廣告拍賣自己，表示願意從事任何類型的工作與服務。接受記者訪問時他表示，雖然失業救濟金足以讓他養家活口，但是失去工作使他幾乎失去所有的社會活動力，這個吃盡失業苦頭的工人甚至公開表示希望恢復奴隸制度，因為如此一來，他至少會獲得一份工作。

伯恩斯這個失業工人的問題，跟倫敦市立動物園裡那隻因為飽食終日無所事事而失去生存意志的大猩猩一樣，工作不再是應付生存的一種手段，而是創造生存意義的唯一方法，我們甚至可以說，它是一種可以跟餓了得吃、渴了得喝、睏了得睡這些基本需要等量齊觀的生物性本能，已深深寫進我們的遺傳基因裡面。

日本這個全世界的頭號工作狂國家，雖然有層出不窮的「過勞死」的案例，從而驚動了聯合國的人權委員會，將之列為今年九月間在瑞士日內瓦舉行的會議的重要議題，然而日本政府始終不把它當成一個問題來看待，日本人也理所當然地接受這種生活。最近日本受薪階級流行一種被日本醫界名之為「周末抑鬱症」的精神病，這種精神異狀只出現在休假日，患者會覺得頭痛、飲食失控、酗酒，嚴重者得送院留醫，有些患者在假日不願意回家去，寧願待在辦公室或公司附近的旅館過夜。

日本國立精神健康研究所的吉川醫生指出，自從日本政府為了減低工人的平均工作時間，實行每周工作五天半的制度後，這類病人的數目便不斷跳升。病人一到放假日就渾身緊張，因為放假帶給他們一種犯罪感，他們一方面擔心因為自己放假會帶給同事額外的工作負擔，另一方面又懷疑公司肯放自己的假是因為本身的工作不重要，他們甚至害怕其他的同事會在自己休假時取而代之，搶掉自己的職位，因此有些人乾脆自行取消法定的帶薪假期。

這些日本人一年只度一周的假期，他們在國外旅遊時，往往也是以一百公尺衝刺賽的蠻勁兒搶時間往前跑，一天之中，從荷蘭阿姆斯特丹出發，中午經過比利時，入夜後到達巴黎趕紅磨坊的大腿舞表演，是很平常的行程，這樣的體力負擔可不比工作輕鬆，而這是他們一年一度的「休閒」安排，何休何閒之有！

工作是本能，除了少數肢體或智能重度傷殘者之外，人人都懂得也都有能力工作。休閒——更精確地說，具有建設性意義的休閒——則是一種才華，而這方面可不是人人生而平等，雖然人們可以透過學習而掌握它，但是仍然有很多人終其一生與之絕緣。

只要看看有那麼多人在麻將桌旁、在電子遊樂器前、在歌臺舞榭與酒池肉林之中，大幅消耗可貴的休閒時間，就可以獲得證明。還有更多人是手持一瓶軟性飲料，斜躺在電視機前打發掉一個又一個周末的，根據美國最近一項調查反映，美國男人百分之三十九的自由時間是消耗在電視機前的，而婦女所花的時間是百分之三十七。

職業足球賽被稱做現代人的精神鴉片，一位法國足聯代表把他旗下的明星球員拿來與世界知名樂團的指揮相提並論，認為一個超級球星年薪一百萬法郎絕對合理，他認為他們完成的是一項政府部門的使命，使數以百萬人得到消遣與鼓舞，「足球精神」給人們帶來繼續生活下去的動力。

確實非常悲哀，因為這位足球界大亨說的是事實。一百萬個青年當中，只有一個有機會成為運動明星，其他的都只能坐在電視機前看那些佼佼者意氣飛揚地拚搏，電視轉播的各項運動競技，正化整為零地吞噬掉現代人大幅的消閒時間。工作時還有上智下愚之分，休閒時則人人齊頭平等，不管面前是橢圓形球場還是十九吋螢光幕，人們的智能都一律降低到只剩下反射性反應的水平。

《文明》一書的作者克萊夫・貝爾(Clive Bell)，認為生產的發展、社會分工的出現只是文明產生的必要條件，但真正標示出文明的精神本質的，卻是那類傑出的有閒階級有自覺的沈思冥想與美感體驗。他寫道，現代實業家們認為時間就是金錢，蘇格拉底卻說時間只是為奴隸而規定的，貝爾視為人類史上最具文明社會特質的雅典時代，很少人肯為了追求物質享受而大量典當時間去掙錢，也很少人認為活著就是為了幹活，雅典人認為一個人要徹底文明，就得從財物牽累中解脫出來，利用充分的閒暇享受智慧、情感或官能向他展示的一切美好事物。

而教育和感受能力則是一個聰明的休閒者的兩大法寶，教育就是我們的第六感官，透過它我們才聆聽得到每種思想每種情感的弦外之音並且和它戲耍，我們才能從不同的角度看問題，才懂得在不同的環境中行事，才知道一首上好的樂曲比香檳酒和魚子醬更為甘美。

以克萊夫・貝爾的標準來看，我們這個高唱「要拚才會贏」，以三百六十天的拚搏來賺取五天的四星級觀光飯店豪華旅遊的國度，似乎是人類史上最不文明的社會之一。

一九九一年十二月二十八日

原載《聯合報》副刊

窮而後賭

每星期都有十幾位幸運的法國人被請到那個稱做「百萬富翁」的電視節目中去，在攝影機前面撥動幸運輪，他們這個簡單的動作，少則會為他們贏得十萬法郎、多則一百萬法郎的彩金。他們當中包括失業工人、麵包店師傅、企業經理級人員和外科醫生，分別來自社會各種階層，唯一的共同點就是他們都買了「百萬富翁」彩券，這種彩券於去年十月間推出，六個月裡就成了一個真正的大眾遊戲，四千萬個法國成年人中有兩千兩百萬人在玩它！

「百萬富翁」彩券還只是法國眾多博彩遊戲中的一種而已，這類合法的大規模的賭博，集聚了全國人民的小額賭金，成了一樁樁動輒以百億法郎計的大買賣。法國政府似乎已不再滿意僅僅對這項國民普遍染有的「惡習」徵稅，更進一步成了其中最大一家博彩公司的最大股東，變成全國頭號莊家，公開與全民聚賭。

最近每回上街，總會看到兼售各種彩券的香煙鋪子前大排長龍，尤其是在各類彩券開獎當天，更是大發利市。人們都願意以同等於一包香煙的錢去賭賭自己的運氣，輸了大不了少抽一包煙，贏了就可得到一筆可能積累一生也不會有的天降之財，從而擁有夢想中的一切：跑車、遊艇、帶花園的房子、頭等艙和四星級大飯店的海外假期，還有，可以理直氣壯地對暗中戀慕著的那個金髮碧眼妞展開追求攻勢，可以立即辭掉那分既不適才又不能盡性的差事，還可以去那家不許窮人用支票付帳的銀行，在經理面前亮出新的底牌，欣賞欣賞他前倨後恭的德性。

在世界上大部分的國家，賭博都被人們視為一種惡習，也是法律所明令禁止的一種集體活動，被允許的總是少數經過註冊登記的博彩遊戲，賭金額數低，又有公開而又信度絕對的抽獎活動。但是不管是道德仲裁還是法律禁止，賭博這種以金錢為得失的遊戲，始終存在於人類社會，相信它的歷史也與人類的歷史一樣久遠，而如今它的形式與規模又更加多樣與龐大了，這種大眾遊戲正為現代財神的聖壇舉行著各種各樣的祭禮，人人都是祭祀的牲品，人人也都是降福的對象。

經濟學家阿蘭·高達在全民性的博彩中看到了一種「集體鬥爭」的形式，他在一篇探討集體賭博的文章中寫道：「民主精神透過彩票的形式表現出來」，他說的沒錯，只要買上一張彩券，不管上智下愚，不管公侯還是百姓，所有的人在財神面前都一律平等了。社會學家埃根伯格的看法也十分接近，他認為博彩談的是中獎機率，只要是機率分配，便是人人有份的，正是這個邏輯基礎，吸引了成千上萬在人生競技場上向隅的人，因為在這個充滿殘酷競奪的社會裡，一個人既沒有文憑又沒有技藝與體力，既沒有遺產又沒有靠山與後臺，他怎樣才能從了無生意的困境中突圍出去呢？唯一的希望就是買一張彩票，在開獎之前的每一個日子裡，他都可以把那張彩票揣在懷裡做百萬富翁的白日夢，用那筆想像中即將到手的獎金買下遊艇跑車，娶回金髮碧眼妞，並且在那個勢利眼的銀行經理的經手下存入一筆六七位數字的巨額款項。

不管是身為經濟學家的阿蘭・高達還是身為社會學家的埃根伯格，似乎都把貧窮視為賭博的社會心理基礎，每當我看到那種從事高收入行業的白領階層出現在「百萬富翁」的搖獎節目中時，便會懷疑起上述兩位大師的看法。有回請一位朋友到餐館吃飯，只聽他不斷喊飽，喊他「再也滴水不能進了」，可是每當侍者又端出一盤好菜時，他總是會情難自禁地舉箸，後來他終於撫著滾圓的肚皮嘆道：「半小時前我就飽了，可那股饞勁總還在。」這位承認「饞勁總還在」的朋友，突然給了我一個啟示，我想，如果肚子餓可以比喻為實際上的貧窮，那麼那股「總還在」的饞勁，就可以被當成「心理上的貧窮」了。所以阿蘭・高達和埃根伯格在大談貧窮為賭博行為的心理動機時，應該先好好界定一下「窮」的意義，至少應該連「心理上的貧窮」也包括進去，否則他們就無法解釋那個期期都是「百萬富翁」彩票惠顧者的外科醫生的行為。

是的，富無止境，再富的人眼中總有比他更富的人，這使得窮也變得無止境。再不窮的人也因為處處有人比他更不窮而感匱乏與不足，雖然他早已玉粒金波早已綺襦紈袴，但是他仍然渴望擁有更多，他雖然從來沒有機會領受窮、認識窮，但是他感覺窮，這窮的感覺日以繼夜地煎熬著他、折磨著他，使他寢食難安言語乏味，而唯一的突圍方法是增加手上持有的財貨，然而這增加的財貨也只成了一塊踏腳石，使他有機會見識到更多比他富有的人罷了。中國人有句俗語，「一山比一山高」，說的是強中自有強中手，再富也有人更富的道理，然而要認清這一點，也得先佔住一個山頭才行。其實最急於逐貧送窮的人，都是那些早已躋身富者之列的人，現在他們要求得到滿足的不再是一般的需要，而是難填的慾望之海。那些在拉斯維加斯豪賭的人，難道會是窮人嗎？窮人連一套可以穿著體面地入場的西裝都借不到，更何況在有穿低胸禮服的女侍侍候著的豪華賭廳裡一擲千金地下注？

不止人覺得窮時，企求以賭博得來的橫財解除困厄，大至一個國家的政府也往往會想要利用這種辦法來自力救濟。當前全球性的經濟蕭條還高高籠罩著四面八方時，有很多原來嚴禁發行彩票與開放賭場的國家，紛紛找各種下臺階自行解禁。法國政府於一九九〇年才成了

「法國博彩公司」的大股東，而在一九六四年以前，彩票的發行一直為美國國會所禁止，但是偏遠酷寒的新罕布夏州不顧禁令，首開由州政府發售彩票的風潮，坐收高達百分之四十的厚利，在八〇年代美國經濟開始逐漸消退之後，引起全美各州的效尤，因為發行州政府的彩票，無疑是一種變相的課稅，而且執政單位幾乎是什麼相對的責任與義務也不必付出，因為這種政府作莊、百姓下注的遊戲，本來就是一方願打一方願挨的事兒，一拍兩合，輸贏互不相欠。果然全美彩票已從八〇年代的二十億美元成長了十餘倍，各州政府食髓知味，各種「合法的」賭博形式紛紛出籠，從開放大型賭場到樂透彩票、刮刮樂彩票，到新一代電腦化的賭博遊戲「賭王終端機」，這種性能超前的電子遊樂器，集合了各種撲克牌賭法於一身，又兼及賓果遊戲的玩法，只消投入硬幣，押下賭資，就可以和電腦玩起金錢遊戲了。美國很多州的政府，都已把這種「永遠的大贏家」機器納入彩券管理體系，視為當前經濟緊縮期的第一號搖錢樹。

再放眼看看全世界賭風最盛的國度臺灣，我們這個以「賭博王國」和「貪婪之島」見稱於世的國家，也因經年性地保持外匯存底世界第一而引起舉世的矚目，臺灣民眾的好賭絕非起於窮，這點絕無疑義。那麼「富而好賭」又是以什麼為社會心理背景呢？一個字，「貪」，滿足生存需要的一切都有了，然而抬起頭來，放眼望去，仍然有許多別人已擁有自己卻還沒到手的東西，第一輛車是裕隆，第二輛車是豐田，第三輛就非得是富豪或賓士不可，因為隔壁的張先生兩年前就開起賓士了，再說隔壁李家前年去了一趟美國，去年又玩了一遍歐洲六國，今年又計畫去澳洲與紐西蘭玩，咱家總總共共才去過一趟東南亞和一趟日韓，說出去面子往那兒擺？

攀比造成大多數人對自己的經濟生活永遠不滿意的心理，習慣攀比的人眼睛永遠只往高處看，所看到的則始終是一山比另一山高，於是在好不容易跟上張家和李家之後，又會再去找來錢家或趙家把自己給「比」下去，這樣的人終其一生都活在「矮人一截」的感覺之中，儘管錦衣玉食，仍然是個不折不扣的窮人。這種穿名牌服飾、開進口跑車、住高級公寓，並且年年出國度假的「窮人」越來越多，他們當中大多數人使自己「脫貧致富」的方法是炒股票、炒地皮，因為不靠這種賺錢的捷徑，永遠也追趕不上張李錢趙諸家的財大氣粗。炒股票炒地皮就是玩訊息加運氣的賭博，只不過遊戲規則比買彩票或馬票複雜上許多而已，這其中沒有人在創造沒有人在生產，有的只是金錢的重新分配——有人發了橫財，有人賠了家當，在這個充滿刺激的金錢遊戲裡，人們不再流汗，雖然經常有人要因之流淚。

賭博經常要為這個早已貧富不均的世界創造出一個又一個暴發的富人，雖然這些人終究會為自己手上那筆從天而降的財富中找到「天賜義財」的理由，但是他的見識和心性都沒法叫他馬上懂得在乍然得到的龐大的財富中安身的智慧，這筆財富無疑會成為誘餌，會為他招來四面八方的虎豹鷹鷲，在他身邊環伺窺探以乘機捕噬。參加「百萬富翁」搖獎節目的一個受財神眷顧的幸運兒，在得到第一獎後接受主持人訪問時，就道出一個乍得橫財的人心中的隱憂：「我知道這些錢會打亂我生活的秩序，會改變我跟周圍的人的關係。也許我會考慮搬家和換工作，以免讓熟悉我的人對我另眼相待。」看來他已開始不安了，這是那筆靠機運而來的財富首先帶給他的東西。

人都有賭性，為了不讓這種深具破壞力的德性凌駕在理智之上，人首先該學的是在心理上做個富人——就讓別人去做物質上的帝王，讓自己成為一個精神上的貴族罷。如果要追求財富，也要像大鴻儒培根說的那樣，不要追求用來炫耀的財富，「僅追求你可以用正當手段得來，莊重地使用，愉快的施予，安然地遺留的那種財富。」

一九九二年九月二十一日
原載《中央日報》副刊

富國與窮國

在雜誌上看到一則公益廣告，讓民眾把家中久積不用的藥品打包送交各自的家庭醫生，由那些專業醫務人員淘選與分類，轉呈「無國界醫生」組織，集中運往第三世界貧窮國家。法國醫生供過於求，競爭劇烈，為了籠絡病人，往往藥方開得特別闊綽，反正是由社會保險局付錢，如此一來，病人痊愈了藥仍然留下一堆是常事，有了「無國界醫生」組織的這個措施，既免於民眾把藥品當垃圾丟棄，污染了環境，也使窮國百姓生病時有藥可治，算是「利人不損己」的一大善舉。

我找個時間把多年來累積不用的藥物裝了兩大袋，送到我們家庭醫生的診所去，告訴他我已把超過使用日期的藥品做了初步淘汰，他吩咐我以後還是把淘選工作保留給他，因為很多逾越使用日期的藥品，拿到第三世界國家去仍然繼續使用。這話使我的心一沉，感覺這善舉其實有些像有錢人家把殘羹敗飯隨手扔給乞兒一樣，實在並不是那麼「人道」。連帶想起波灣戰爭期間，日本人曾大量捐贈從國內超級市場貨架上淘汰下來的逾期罐頭和餅乾，送去給庫德難民吃，受到西方傳播媒介的指責，認為日本人為富不仁，把別的國家的人民當動物看待。

這種富國把剩餘或劣質貨品轉贈或轉賣到窮國去的例子不勝枚舉。在西方國家，每隔一段時間，國際紅十字會就會派人挨家挨戶分發大塑膠袋，讓主婦把家中淘汰了的舊衣物打包起來，在指定的日子裡放置家門口，到時就有專車來收走。日本政府把幾萬輛民眾丟棄的腳踏車稍加修理，當成禮物送給了中國大陸的郵差當公務車。東西德開放邊界後，東德便充斥著西德新油漆過的舊車子，很多東德人當成寶貝的「大眾」牌車子，在西德早已是廢品。有很長一段時間，日本人把已證實對人體有副作用的藥品賣到臺灣去，拿臺灣人當垃圾筒，又把尚未證實藥效與副作用的新藥率先拿到臺灣投放市場，把臺灣人當成白老鼠，據說昔日派給臺灣的這個角色，目前已由東南亞幾個國家頂替了。

這兒我不由得想起所謂的「社會分層職能」的學說，這派社會學家認為貧困階層的存在，對社會的正常運行是必須而且有利的，說得具體一點，有了窮人，才能保證那類危險、勞苦、骯髒、低報酬的差事有人去幹。窮人也造就了許多與之相關的職業，如社會福利、慈善救濟、警察等，同時為那些受訓不足、水準較低的專業人士如教師、醫生、律師等提供存活的空間。

窮人更是偽貨、劣貨與舊貨的消費者，他們延長了本該淘汰的貨品使用壽命，使世間物質循環的速度放慢了，對於環境保護大有益處……。總之，貧窮於己或許是有害的，但是於他人、於社會，則是無害，甚至是必須的。

這「社會分層職能」之說，原是針對富人與窮人的對應關係而做的研究，但是援用在富國與窮國之間，也其理昭然，只不過是把規模擴大了而已。

除了上面提及的窮國替富國消耗偽、劣、廢貨品，以免富國人民在加速消費、加速淘汰的過程中，污染環境、破壞生態平衡，從而受到良知的自我譴責外，窮國對富國的勞務輸出，通常都僅限於賤役、苦役的供給，這就保證了富國骯髒、危險、勞苦、低報酬的職位永遠有人來填。

那些勇於打先鋒到國外去闖天下的人，往往是一國中最強健、最機敏、最富於進取心者，然而他們到了富國後，往往只是去填那類無技術性的雜役的崗位，應了中國人「人離鄉賤」的老話。我在法國看多了中國大陸來的教授或醫生在中菜館洗碗或跑堂的事，早已有些麻木了，也聽說臺灣人僱用的菲律賓女傭，不乏在本國是大學講師、護士長或高級會計之類的專業人才。這種身分的折扣，其實是損己不利人的，為了爭取個人更好的收入，多少窮國投下大筆教育費用培植出來的專業人才，就這樣一批批流失了，這種國家民族的「大出血」，又豈是他們外出打雜所賺取的外匯所能彌補？

而富國由窮國所取得的，又往往是「獅子的那一份」：窮國的富人與一流的技術人才，無不想方設法往富國移民。窮國派往富國的留學生，學成之後便跟著在富國落地生根。窮國富於進取心的女子，稍具姿色者，經常以「外嫁」為晉身的手段，希望沖天一飛，立即擺脫宿命，她們的對象自然是富國的男子。窮國為了創造更多的外匯，必須把最優質的產品，限定為外銷品，銷售對象通常以富國為主。

加上富國通過傳統產業的轉移，和壟斷先進生產設備與工藝技術，日益加強對窮國的控制，同時又通過種種關稅和非關稅的壁壘，限制窮國產品進入本國市場，窮國只能在原料及勞務輸出等低層次的貿易佔有一席之地。

窮國對富國於是乎形成一種雙重依賴，它們的出口依賴富國對其原料的進口，它們所需的技術設備與工業產品，又得依賴富國的出口，這種雙重依賴，使得原料與製成品價格的「剪刀差」越來越大，也使得富國越富，窮國越窮，這就解釋了發展中國家在國際分工和南北貿易中，地位日益惡化的原因。

刨根究底，這是一場由經濟列強設計規則的遊戲，富國手中永遠有打不完的牌來迫使對手就範。目前美國手中的王牌就是「301」特別法案，這是專門用以遏止外國商品衝擊的法律條款，觸犯了它，就會立即被拒於美國門外。在「脫貧致富」的路上大跨步前進的日本及亞洲諸小龍們，都曾嚐過被「301」的大棒迎頭劈下的滋味。一九八三年南韓因為糧食供應完全可以自給自足，拒絕進口美國大米，被列為「301」名單頭一名，為了向美國出口錄放影機，南韓不得不屈膝投降，從此全國糧食需求的百分之六十由美國供應，原來以蔬菜及米糧為主食的民族，竟日益依賴麵粉及牛肉，稻米的生產因而大大受挫，這個國家大半個胃從此已操縱在美國人手裡了。

這兒還有另外一個例子。象牙海岸成為法國殖民地後，作物種植被迫單一化，全國都種專供出口的可可，佔當時世界總產量的百分之三十四。九〇年前後，世界銀行大力扶持馬來西亞及印尼的可可種植業，以打壓象牙海岸可可的價格，短短三年便使象牙海岸失去絕對優勢，可可的價格自此一跌再跌。然而非洲和亞洲的種植業者卻在這場經濟戰中雙雙成為輸家，因為可可掉價，他們必須增加生產才能維持原來的收入，於是只得犧牲國內市場需要的農牧及養殖用地，轉植可可。貨物供應增加，需求卻停滯不前，亞非兩地出口的可可價格再次下跌，導致無數業者的破產。消費者卻也未曾獲益，因為雖然原料行市跌落，但製成品售價卻始終如一。

社會學家很早就注意到「貧窮世襲」的現象，也就是所謂的「貧窮的家譜延續」，說是窮人因循怠惰、短視近利、思想閉塞、自暴自棄、相信宿命，從而習於貧窮也安於貧窮，貧窮於貧窮自身，既是結果也是原因，窮人長期處於貧困之中，慢慢被它烙了印，上了標籤，與主流文化隔離，形成了自己獨特的生活習慣、行為準則和價值觀念，這種次文化代代相傳，沿襲成牢不可破的「傳統」。

這當然包含了一部分事實，然而更多的是在為一個人謀不臧、弱肉強食的叢林世界卸責脫罪，因為這套理論完全忽視了人與人之間的競爭，從來不曾是站在同一條起跑線上開始的。窮人的孩子往往一解下肩上的書包，就得拿起鐮刀或算盤給父母添幫手去，富人的孩子這時卻坐私家車上美語或電腦補習班去了，成績優異的窮孩子常常被迫中途輟學，擠不上升學狹門的富家子弟，卻大不了搭飛機到外國去當小留學生。現實生活中大部分的情況是「環境造人」，而不是「人造環境」，即使貧窮是結果也是原因，該被指責的也不應該只是窮人本身而已。

再把問題放大，回到富國與窮國直如法拉利跑車駕駛人與穿溜冰鞋的孩童之間不平等的競賽上頭。經濟學家們傾向於相信，僅僅依靠市場機能那隻「看不見的手」，就能調節生產與商貿活動，把降低關稅、撤銷國家保護措施等等做法譬為自由的象徵，但是撇開刻下世界各國間天壤般的實力差距不談，僅就所謂「按市場自由浮動調節」來看國際間的經濟競奪，便能發現它的荒謬性，那無疑是叫非洲種植煙草的農戶，去跟菲利普・莫里斯這樣一家跨國香煙製造、販銷企業較腕力，後者一年的純利就超過五十億美元。

事實告訴人們，自由貿易的得利者從來只能是那些擬訂遊戲規則的經濟列強，窮國被派定的角色就是賠錢被么喝。在嘗盡各種甜頭之後，富國再通過種種冠冕堂皇的安排，以無償援助、免費贈送及低息貸款等各種名目，把從窮國巧取豪奪而來的財貨，做部分回饋，進一步在政治上控制早已在經濟上受損的國家。

一九九六年六月十一日
原載《中央日報》副刊
《光華雜誌》轉載

「婉語」之必要

在哈佛大學執教二十五年的優秀（種族關係史）研究專家史蒂芬・賽恩斯特羅姆，不久前決定停止教授他的主要課程「美國民族史」，只因為他在課堂上使用了諸如「印第安人」和「東方人」這類字眼，而被指摘為種族主義和帝國主義思想的奉行者。

這位種族關係史研究專家，是一場正流行於美國的文化恐怖主義的犧牲者之一。這場文化運動被稱做「肅政」(Politically Correct)，在通用的口語中簡稱做PC，集合在這面大纛之下的是一支鬥志高昂的雜牌軍：女權主義者、同性戀者、馬克思主義者、少數民族的利益維護者以及新歷史學家，我們姑且將他們統稱為「肅政派」。

這支雜牌軍具有一個共識，那就是西方文化——尤其是美國文化——是無可救藥的種族主義文化、性別歧視文化、壓抑性的文化，有識之士必得挺身與之抗爭。紐約州教育廳這個隸屬於官方的機構，對這股強勢文化做了敏感的呼應，在最近的一份報告中明確地聲稱：「教育和知識的壓迫，是幾百年來美國及歐洲文化和社會制度的特徵。」

隨著「肅政」運動的「反迫害」行動的開展，使得當前美國的文化界，儼然形成了兩個壁壘分明的陣營，一邊是迫害者，另一邊是被迫害者。這場戰爭戰況最激烈的地方是大學校園，在那兒，「肅政派」的理論在這場鬥爭中獲得充分的闡揚，在那兒，傳統的文化世界觀動搖了，認為美國人的文化身分和價值觀，是從古希臘到啟蒙時代的思想家那裡接受薰陶而培養起來的，被指責為「無可救藥的歐洲中心主義」，一位主持拉美文學講座的教授，因為把一位墨西哥作家同莎士比亞作比較，也被扣上「極端的歐洲中心主義」的罪名，跟史蒂芬・賽恩斯特羅姆教授一樣，不得不中止他的比較文學課程。

政府機構和公益團體也是「肅政派」砍刀子的對象，不久前，紐約市某區的市政公告上面出現以下一段令人百思不得其解的文字：「也向那些並非由家庭關係組合起來，但以穩定形式共處，並且在精神及物質上互助的人們提供低租金住房」，原來區政府在同性戀團體的壓力之下，準備為同性戀同居伴侶提供低租金住宅，但為了避免刺傷他們的自尊心，公告撰稿人不得不挖空心思選擇一些中性字眼，才出現以上那段語焉不詳的句子。

就某種意義來講，這場砲聲隆隆的戰爭，也就只是一場語言的戰爭而已。語言是一種符號，而符號本身卻有著它相對的獨立性與自主性，思想內容的發展會帶來語言符號的發展變化，當然，反過來說，就算僅僅在形式上製造新的符號或將舊有的符號加以排列組合，也會給思想的開拓以啟發，大概是基於這樣的認識，「肅政派」至今為止最大的作為，也就是在迫使他們的攻擊對象做語彙的更換或重新定義上面。假如史蒂芬・賽恩斯特羅姆教授不是一心抱著原則跳樓的話，他的妥協之道其實非常簡單，他可以重新定義「印第安人」或「東方人」這類字眼，甚至乾脆扔掉它們。

為了避兇趨吉，許多早已約定俗成的語彙都有了全新的定義或替代品，比如「東方人」，改成「亞裔美國人」，黑人(Black)這個字原來是用以糾正「黑鬼」(Negro)的稱呼，現在則一律改成「非裔美國人」，而「印第安人」則成了「活動於北美洲某些特定地區的原住民」。

熟悉西方當代思潮的人都了解，現代人文科學的革新思想來自於對傳統哲學觀念的批判與質疑，這個質疑的前提是：傳統只不過是憑藉不穩定的語言系統建造起來的一種搖擺不定的「觀念物」，就像「不是上帝創造了詞語，而是詞語創造了上帝」那個偉大的宣告一樣，並不單是生活創造了語言，相對地，語言也對生活具有巨大的塑造力，所以把「啞巴」改成「聽力受損者」，把「監獄」改成「改造教養的公益設施」，似乎具有它的積極意義。

對於詞語能塑造生活的積極信念，促進了「婉語化」(Euphemism)的風行。認真說起來，「婉語」並非是什麼新鮮的玩意兒，它可能是最基本的一種社交手腕，任何稍稍世故一點的人都會也都得借助它來做為人際關係的潤滑劑，當一個人以「令尊」、「令堂」來稱呼他交談對象的父母親時，他正是在利用「婉語」來稱頌對方而使得自己的談話更能被接受，當他以「仙逝」這個動詞代替「死亡」那個動詞時，他多少是企圖用「婉語」來粉飾、柔化殘酷的事實，使死者周圍包括他自己在內的人不至於那樣情難以堪。

婉語化的風行，曾反映了一度盛行於美國的理想主義的蓬勃發展，但是理想主義顧名思義，就是「憧憬中的一種較美好的狀態」，它永遠只可能是一種未來式或過去未來式而已，比如理想主義者稱呼他們國家的政府官員為「公僕」，就是對一種美好狀態的憧憬而非事實——它從來也不曾成為事實。

其實最擅長「婉語」的是共產思想的信奉者，據說「公僕」這個字眼也是來自當時的蘇聯，那個婉語化的美國也只是當時一批文化人和學者思想左傾的結果而已。在共產黨的國度裡，人人都是同志，人而以志同是件多麼可幸可賀的事啊，果真如此，當是戶而不閉的大同世界了。

中共有樣學樣，幾億人口望過去清一色是同志，凡是配偶都是「愛人」，不管是愛或不愛。近年來有較多機會與彼岸人士往遊，往往為他們的能言善道及動聽之詞語而吃驚，後來才知道這是政治教育的結果之一，但是一思及文革十年之中，就有一千萬個「同志」或「愛人」被鬥垮鬥死，又不由得悚然而驚，「巧言令色鮮矣仁」是自古的明訓。當心那些婉語的奉行者！

因而又以一種全新的角度思考起婉語所反映的另一層心理背景，那就是一種規避責任、粉飾太平的傾向。一朵玫瑰就是一朵玫瑰，玫瑰花本來是一個獨立的存在物，它有形狀、顏色與香味，就算不在它上頭添加任何形容詞，仍然不會改變它的嬌姿與芬芳。假如不存在種族歧視的心態的話，黑人或黑鬼或非裔美國人，其實指的都是同一種人，不管用的是何種稱呼，事實永遠不會改變，稱呼的改變，竟像是在埋藏銀子的地方豎一塊「此地無銀」的牌子一樣，其意昭然。一朵玫瑰不是一朵玫瑰了麼？

是的，一個老人就是一個上了年紀的人，但是很久以前，國內有位重要人士倡行要將「老人」這個普通的稱謂從大家的日常語彙中剔除掉，因為它「是」個「蔑稱」。不叫一位上了年紀的人做「老人」，那稱他什麼呢？他也備了標準答案：「資深公民」，意思是他成為一個公民已是一件古早古早的事了。把「老人」視為「蔑稱」，必須有個大前提，那就是老人確實是可被輕視的。事情很簡單，假如「玫瑰」的所指聯想是嗆鼻的刺眼的，它自然就是個蔑稱，假如它的所指聯想是芬芳的悅目的，它就不是個蔑稱。

這兒我還想到一些不知道算不算是婉語化的事例。在臺北市某一條婦產科專業街，舉頭可見「月經規則術」的廣告詞橫在招牌下面，「月經規則術」指的就是墮胎，但墮胎是眾所周知的違法行為，千萬說不得，而「人工流產」也還不夠委婉，於是就有了上面那個創意詞的出現，這是一種不會踩到雄獅尾巴又能把鮮花摘到手的辦法。

信不信，假如表情和口氣都十分和悅，「黑鬼」甚至也可以是一種暱稱。很多做妻子的稱她們的丈夫做「我家的死鬼」，並不意味著她想當寡婦。假如上頭這個例子太勉強，那麼我可以舉一段《愛麗絲夢遊仙境》中的有名對話來做說明——蛋形人用一種輕蔑的口氣說：「我用一個字眼，要它當什麼講就當什麼講，不多也不少。」愛麗絲答道：「問題是，你能不能拿一個字眼一會兒當這個講，一會兒當那個講啊。」蛋形人說：「問題是，到底是誰在做主而已。」

一個字眼被當什麼意思來講，端看是誰在做主而已。話題回到美國當前那股被聯想到中國文化大革命的文化恐怖運動，那些「肅政派」的極端分子，經常一口咬定玫瑰不是一朵玫瑰，一口咬定當一個人說出「玫瑰」這個字眼時，他腦中的所指聯想是嗆鼻的刺眼的，因此他們要剔除玫瑰這個字眼，改以「薔薇科的複瓣的多年生的……」的中性字眼來稱呼它。簡而言之，他們不管誰在做主，他們要做天下人的主。

這場運動發軔之初，曾一度讓眾人稱快，但是隨著它與日俱增的種種倒行逆施作為，又開始令人感到憂心忡忡，因為它與美國的立國基本原則之一「言論自由」已背道而馳。當「婉語」時時處處都成為一種明哲保身的必要手段時，一個國家反而會成了個缺乏共識的組合，因為婉語的另一面往往是傷害、假道學，它像是一座座路標，指給人們不同的方向，自己卻立於原地一動不動，不管是愛人或同志，時候到了照常要被鬥臭鬥死。

一九九二年三月二十八日

原載《中央日報》副刊

美國《世界日報》轉載

傲慢與偏見

客人甲：我看所有的黑人和阿拉伯人都是衝著法國的社會福利來的，他們個個好吃懶做，唯一肯幹的就是生小孩，關起房門來拼命生，一生十幾個，然後就蹺起二郎腿等著領子女養育津貼，他們生孩子的目的就是想利用孩子來榨法國政府的錢。

客人乙：就是嘛，我看法國有一天會被這些黑人跟阿拉伯人吃垮！這些人不工作光生孩子，偏偏法國女人又不喜歡生小孩，這樣下去，有一天在法國的阿拉伯人跟黑人會比法國人都多，到時候說不定會反過來統治法國人。

女主人：妳們這些話說得太不客觀，要知道阿拉伯人跟黑人的傳統觀念，和我們中國人的差不多，也認為多子多孫多福氣，他們喜歡生孩子，並不光是為了領子女養育津貼，再說，根據統計，在法國的阿拉伯婦女和黑人婦女生育子女的數量，已經比她們留在祖國的女同胞少，而且還有逐年減低的趨勢，她們受了西方婦女的影響，也不願意把自己當成生育機器，寧可多花點時間學些新本事。

客人乙：她們不生孩子靠什麼吃飯？

客人甲：我就說嘛，這些黑女人和阿拉伯女人乖張得很，樣樣都想跟法國女人看齊，可是她們有人家的條件嚒？現在連孩子也不肯生了，不生孩子，她們還能做什麼？

女主人：她們本事也不差，而且很勤勞，法國女人能做的事她們就能做。我認識的一個阿拉伯女人是牙醫，一個是超級市場的收銀員，還有一個是高中的法文老師，這個最了不起，她十六歲才來法國，法文是她學來的語言，卻可以反過來教一出生就說法語的法國人。

客人甲：好奇怪，阿拉伯女人好像特別容易胖，沒有一個不是水桶腰，那一身肉也只有她們穿的那種又長又寬的袍子才藏得住。長得也難看，個個兇巴巴的像男人。

客人乙：所以阿拉伯男人有點辦法的，都想娶個法國女人當老婆，偏偏法國女人又特別好騙，三兩下子就被騙到手了。還有些法國女人嫁黑人，我常常看到一個長得嬌滴滴的法國女人挽著一個長得像大猩猩的黑人大搖大擺走在馬路上，我真替她感到臉紅。

客人甲：黑人跟阿拉伯人和法國人結婚，都是為了得到法國國籍，當法國人好處可多著哪，這種人國籍到手後，馬上就辦離婚，然後又去跟本國人結婚，就這樣一個拉一個，把一大串人都弄來法國。

客人丙：妳這些話說得不完全對，事實上法國的福利政策對待法國人和外國人完全一樣，只要有正當的居留權，有沒有國籍都享有同樣的福利，而年輕男人一旦入了法國籍，就有服兵役的義務，所以有很多跟法國女人結婚的外國男人，都不願意入法國籍哩。

客人乙：這些人就是只想得福利，不想盡義務，這些人來多了，遲早要把法國這個國家搞垮。

以上是某個週末在我家客廳進行的一次談話的片斷紀錄，它具有一種典型意義，比任何分析與理論更能說明偏見的本質。客人甲與客人乙是住在巴黎的兩位中國女士，湊巧兩位都嫁給了法國人，據我所知，她們的先生也都是種族主義者，週末的聚會他們也是座上客，但是由於法國人把種族歧視視同一種社交話題的禁忌，種族歧視訴諸行動時，又往往要觸犯刑法，所以當他們的妻子慷慨激昂地攻擊法國境內的黑人與阿拉伯人時，他們便保持沉默做壁上觀，可是座中人幾乎都明白，那兩位女士的觀點多少反映了她們配偶對種族問題所採取的態度。

什麼叫「種族歧視」？這兒我可以再打個簡單的比喻：如果一個壯年的法國男子在上班時段坐在公園長椅裡納涼，人們會毫不在意，如果一個黑人或阿拉伯人在同一時間同一地點幹同樣的事情，一個心懷偏見的法國人或我們那兩位嫁做法國媳婦的女同胞見了，可能馬上得出一個結論，這個人失業了，這麼想著心裡馬上非常氣憤，因為他想到他辛辛苦苦賺來的錢大部分都納了稅，最後做為社會福利金，把眼前這個懶蟲體體面面地養在那兒享懶福！唯一叫自己不吃虧的辦法，就是讓這些外國來的寄生蟲統統滾回他們的老家去。

種族歧視雖然是一種主觀的態度，但是卻會隨著客觀環境的變化而消長。眼下的歐洲正遭逢一場二戰以來最嚴重的經濟消退，隨著形勢的日漸嚴峻，各國的種族衝突就越發激烈，而各國境內的移民便成了心懷偏見者的首要攻擊目標。這使我想起了《聖經》裡「替罪羊」的故事，那是古老的希伯萊人的一種習俗，在贖罪的日子裡，牧師把手放在一隻被選定的羊頭上，嘴裡說出人類的罪惡，就這樣象徵性地把人類的邪惡與罪孽都轉移到那隻羊身上，然後再把那羊放逐到野地裡，以此來洗清自己身處的社會的罪惡。那隻承載著人類罪孽而被放逐的羊就叫替罪羊。

飽受經濟消退與失業之苦的歐洲人開始尋找各自的替罪羊，在法國，替罪羊就是阿拉伯人與黑人，在英國，印度人，在德國，土耳其人。就在我寫這篇文章不久前，德國效法納粹精神的光頭黨縱火燒死了五個土耳其婦女與兒童，鄰國奧地利連續發生多起「郵遞炸彈」事件，挨炸的都是主張善待境內外國人的知名人士，俄羅斯的幾個城市的種族主義者也製造了一次又一次爆炸事故，藉以恐嚇驅趕境內的異族，而這些事件發生的同時，偏執的種族歧視言論正不斷透過傳播媒介或群眾集會而擴散開來，這種心理暴行，正是下一波武力暴行的先聲。他們不再流放替罪羊，不，只要逮著機會，他們要血刃了牠。

其實羊是無罪的。以法國境內的黑人與阿拉伯人為例，這些人的國家，都曾是法國的殖民地或次殖民地，其中阿爾及利亞在一九六二年獨立以前，更曾長期為法國所佔領，被視為法國的一個「海外省」，當時這些國家可不是鋪著紅地氈歡迎法國人到他們的土地上當主子的，法國以堅船利砲強行入關，在他們的土地上從事掠奪性的經營，那時法國人可未曾探詢過他們的意願。一九五六年阿爾及利亞人發動獨立戰爭時，阿省境內就有一百萬法國人，佔該地全部人口的十分之一，這數量遠遠大於今天在法國的阿爾及利亞人對法國人的比例，而這些阿爾及利亞人之所以得以大量湧入法國，也是法國以工業化的社會需要大量勞動力及賤役而接納了他們，甚至政策性地大批引進，當時他們的到來是合法而且大受法國朝野歡迎的。沒想到在機器與電腦取代了大部分人力的今日，再刮上一陣失業風，就足以使情勢完全逆轉，原先這些乖順的殖民地子民，曾是工業初興的法國的一支主力軍，三十年河東三十年河西，眼下的他們卻成了高失業率的肇因，是法國人的眼中釘肉中刺，不去不快。

是的，種族歧視經常是經濟和政治壓力下的結果。當世道艱難，生存資源日益短缺時，地主團體與外來團體在一個共同的目標上發生利益衝突，這時偏見與歧視就會增長，而在施加實質傷害之前，為了安撫自己的良知與欺瞞世人，就先進行矮化及醜化對方的心理暴力。

這兒是另外一隻替罪羊的故事。對十九世紀中葉參與修築橫貫新大陸鐵路工程的中國人，美國人是抱持著一種正面的情感的，在西進的美國拓荒者眼中，華工被視為一群樸實、勤勞又守法的外來客，因為那時的勞力市場求過於供，而華工從事的又都是些勞力密集、報酬低下的工作。但是當鐵路修築工程結束，內戰也停火之後，大批的工人及士兵流入擁擠的勞力市場，這時對中國人的態度便起了戲劇性的轉變，由「刻苦耐勞」、「奉公守法」的良民，變成「愚昧無知」、「詭計多端」的「教唆犯」和「暴徒」。

種族歧視經常產生自種族間的經濟、政治或信仰衝突，然而到最後總是轉化成強勢團體對弱勢團體品性或能力帶著侮辱性質的批判，這批判很少建立在個人經驗上，而是建立在道聽塗說或宣傳機構杜撰出來的形象上，甚或產生於我們自己的頭腦，為自己的殘酷與愚昧做辯護。六百萬猶太人慘遭殺戮，世人就認為他們一定做了什麼罪有應得之事，人們簡直無法相信，德意志民族的反猶心結根本上是一場經濟利益衝突的悲劇結果，在希特勒主政前，德國的經濟命脈絕大部分掌握在猶太人手裡，從事醫師業和律師業的百分之八十是猶太人，德意志民族從而有故鄉變他鄉，生存資源全部由異族壟斷的恐慌。還有在帝國主義橫行的時代，曾被土耳其人與德國人聯手加以滅族性屠殺的亞美尼亞人，這個全世界第一個以基督教為國教的高加索民族，之所以獲罪至此，是因為他們的聰明敏銳、高度創造力與對子女教育的重視，從而被其他鄰近種族視為一種威脅。

更壞的是，受害者因受害而被詰難。我那兩位比法國人更歧視黑人與阿拉伯人的女同胞，對那些種族歧視的受害者，就沒有別的話說：「他們那麼招人討厭，一定是做錯了什麼事！」「既然在法國這樣不受歡迎，幹嘛還苦苦在這裡捱著？」她們不知道，我們這些在法國的中國人之所以沒太遭受地主國人士的歧視，並非因為我們是來自一個品性更優雅、教養更良好的種族，而是因為我們跟他們沒有歷史上的新仇舊恨，而且我們的人數也還不夠多，還沒有分削掉他們太多的生存資源，假如從中國大陸流出來的經濟難民源源增加下去，有那麼一天，法國人感受到中國人在數量上的威脅，那時中國人在法國的日子肯定不會比黑人與阿拉伯人好過多少。

種族歧視是傲慢加上偏見的結果。傲慢是以井觀天，目中無人，偏見的社會學定義是「根據片面的訊息所形成的對人對事的排斥與敵對態度」，一個對人對事容易心懷偏見的人，通常有很強的「從眾」傾向，總是不問是非地阿附強勢團體，這種人對處於劣勢的個人或團體必然是傲慢的，簡單地說，這是種欺弱怕強的勢利眼。

可悲的是，我在海外見到的中國同胞，傲慢加上偏見的不乏其人，這種人住到美國就歧視黑人，住到日本就歧視韓國人，住到法國就歧視阿拉伯人與黑人，住到英國就歧視印度人，住到德國就歧視土耳其人，讓他住到土耳其去呢，那他就歧視亞美尼亞人和庫德人！

總之，他會照單全收地主國人民的所有種族成見，以被歧視者的身分反過來歧視處境比他更壞的其他人種，忘掉了就在我們父親那一代，那些唯我獨尊的帝國主義信奉者，曾挾著軍艦大炮強行入侵我們的土地，然後在公園的入口處高高懸起「狗與中國人不得入內」的牌子，用以貶抑屈辱我們中國人的往事。

原載《中央日報》副刊
收入該年度《中副選集》

巴黎中國城導遊

我認識的一位嫁給法國男士的臺灣女孩，最近為她那個「畢業即失業」的學中文的丈夫想到一個謀生之計，就是引導法國人去參觀位於巴黎十三區的中國城。在電話中聽到小夫妻倆這個已正式註冊有案的創業計畫時，我先是一陣詫笑，因為浮上我腦中的巴黎中國城，在兩三條通衢、十數道巷弄之間，除了鱗次櫛比的大小食坊外，不外是各種中國人經營的旅行社、錄影帶租售店、雜貨鋪、燒臘店、美容院等，這樣一個地方，讓地主國人士偶而去嚐嚐中國菜風味還可以，讓他們一個人頭貼五十法郎正式組團去參觀，在我這個道地的中國人看來，還真不值那番腳力與票價呢。

再說巴黎的中國城在我這個臺灣人的心目中，可一點也不中國，它絕非是大陸、臺灣、香港，或任何一個中國人社會的縮影，更不是上述這些地方的綜合體。雖然它像個萬花筒般折射出中國人生活的雲影浮漚來，但是異質文化的薰染，早已賦予它獨一無二的風貌，如此的四不像，卻同時又是如此個性鮮明，因此每回到那兒，我就像走入一個時空錯植的亂夢裡。

雖然它不中國，但是它更不法國或歐洲。那兒有全巴黎最高最龐大的公寓住宅群，在典雅華麗的文化古都裡，是個拔地而起、自成一格的封閉小世界。在這個小小的水泥叢林裡，蝟集了近三萬個以華裔為主幹的亞洲移民，也成了中國人愛群居與難同化的有力證明。走在那兒的街道上，在清一色的黃臉孔裡，在以粵語為主流的各種唐人的方言大陣裡，我往往忘了自己身在西方這回事。

我往前跨步，走入一家千頭亂鑽的超級市場裡，迎面而來的是擺在貨架上的鎮江香醋、生抽王醬油、牛頭牌沙茶醬、四川榨菜、龍口粉絲、湖北皮蛋、天津鴨梨這些最道地的家鄉味。在鮮魚部，幾乎一年四季都買得到活鯉魚與活草魚，主其事的大師傅會問明顧客魚的吃法後，再加以肢解。鮮肉部門裡，有在法國超級市場絕對找不到的家畜、家禽的各種內臟廉價出售。假如嫌自己料理起來麻煩，那麼再往前走幾步，到熟肉部或燒臘部去，那兒有論斤論兩賣的叉燒肉、醬豬耳朵、燒豬大腸、五香鹵鴨翅、脆皮燒鴨和油雞。在這些中國五千年飲食文化的「圖騰物」的環伺下，我這個口胃早已可中可西的老臺北，也跟著逐漸「國粹」起來了。

這類以出售來自中土的罐頭、乾貨為主的超級市場，雖然有個時髦進步的名稱，但是與法國當地真正的超級市場比較起來，卻又髒亂吵雜了許多，毋寧更接近中國的老式菜場。而登門的顧客也保留了中國人的一些劣性，為了買幾隻日本梨或非洲芒果，可以翻遍一座半人高的果山精挑細選，結果這類嬌貴的水果便在接踵而至的摸、捏、翻、擲中被作賤得面目全非，淪為滯銷的廢品。碰上荔枝、龍眼這類單價較高的遠地來的果中珍品上市，便見貨架前圍著半圈人龍，地板上則躺滿還帶著口唾餘溫的果皮果核，加入這個鮮果試品大會的人往往不是淺嚐即止，而是敞開胃口飽食一頓才眉慈目善地移步。而生薑老薑這類貨物，往往被砍頭去尾，棄多疙瘩多曲節部位而取豐腴肥美的主幹，後來者只能望著一堆如腳趾般大小的斷肢殘骸扼腕而歎。還有更壞的，在鮮魚部或鮮肉部買了已經加工處理過和稱過重量的雞鴨魚肉，事後因為價格太貴或另有發現，便隨手把那鮮血淋漓的塑料包往哪個犄角旮旯兒一塞，便面不改色地揚長而去。

在法國的超級市場裡，這類惡狀醜行幾乎不存在，中國顧客在西式商場裡也都能遵守該有的規矩，為什麼一回到自己同胞的社群中就剝掉一切文明人的教養，成了個缺公德少自尊的化外之民呢?是因為這類貪小利的行為在中國人當中實在太普遍了,以至於人人見怪不怪，甚至視為當然，從而對行為者少了一點精神的約制作用嗎？

法國人到巴黎的中國城去，不外是為了一嚐中國這個東方美食大國的風味菜，可是在幾乎已由粵菜和越南菜二分天下的中餐館裡，菜單上雖然也看得到麻辣豆腐、宮保雞丁、醋溜魚的芳名，然而端上桌來的悉數是些非苦非辣非酸非甜的五味叫不出一味來的菜式，原來為了投合當地人的口味，中國菜也不得不一而再地「改良」，以殺出一條生路來，可是吃在我這種道地的中土之士的口中，卻可以把一腔鄉愁化做滿嘴牢騷。餐館的裝潢倒是絕對的唐人風味，像粗製濫造的武俠片中的客棧，大紅燈籠、飛簷斗拱、亭閣瑤臺和月洞門都是少不了的文化圖騰，要不是耳畔不停傳來鄧麗君又軟又甜棉花糖也似的「在哪裡見過你」的歌聲，我往往要跌入一場「不知何夕」的千古迷夢之中。

錄影帶租售店也是中國城的一個重點營業項目，這大概可以視為相對於雜貨舖與餐館那類提供物質食糧的精神糧倉吧。然而這卻是個由操粵語的劉德華和梅艷芳們統治的世界，標準國語到了這裡幾乎成了絕響。如果不是曾細細流覽過十數家錄影帶租售店貨架上陳列的熱門貨，我就可能一輩子也搞不懂當地華文報紙影劇版上為何清一色是港星的緋聞、最新價碼與動向的消息之道理。

後來我又敏感地發現，一些經常在中國城進進出出的青年男女，他們不論在穿著打扮上或舉手投足間，都隱隱透著一股港式風情，這又是港劇帶來的潛移默化！這些青年男女的審美趣味反映了他們初來乍到者的身分，與在法國土生土長的第二代華人間有著明顯的區別，他們去國不久，所以對故土故人都還戀戀難捨，而中國城恰恰是他們與文化母體之間一條切不斷的臍帶，他們在三五年之間是不願意也走不出這兒的。

另一種精神糧倉是書報攤兼唱片行。這兒擺滿了瓊瑤、金庸、三毛等作家的軟性文藝作品，同時卻也陳列著《紅樓夢》、《水滸傳》、《三國演義》那類古典巨構。再一類就是航空運達的香港大開本豪華畫報，熱衷港劇的影迷可以在上面找到他們崇拜的港星的點滴動態。

但是要真正掌握歐洲中國人的生活全貌，還是得仔細讀讀本地發行的中文報紙才行。在一格格郵票大小的求才與求職的分類廣告裡，我便能充分掌握那些散居大城南北的黃臉孔同胞的生活脈息，而透過大塊的商業廣告，則可以找到同文同種的房地產經紀、各類保險經紀、法律與財經顧問、旅遊代理商、各科醫生、泥水匠和鉛管工等。法國最權威的《世界報》曾有一篇專門探討中國人社團驚人的內部凝聚力的報導，該文記者認為中國城的各種店舖已包羅了滿足日常所需的商業活動，「這些人讓人覺得他們是組織起來的，抱著與當地人一拼長短的決心來發展商業。他們只在自己人之間選擇雇員，也只在自己人之間消費，他們有著內部調劑資金的一套獨特運作方式，起著集體儲蓄的作用。」而在這一切當中起著觸媒作用的，便是幾乎人手一份的中文報紙，它使得僑居異國的全體中國人家家雞犬相聞。

由於中國城自身即能滿足中國移民養生送死的各種需要，因而大部分的中國人過的是與本地人隔絕或半隔絕的生活。我認識很多在法國已住上一、二十年的中國同胞，他們其中不乏受過高等教育的知識分子，卻操著一口破碎的漫無章法的法語，與他們在本地出生與成長的子女共同構成一種奇怪的雙語家庭，「代溝」的出現經常由所操的不同語言而引發。「關進小樓成一統」的理想狀態也僅限於一代人之間。

老、新移民的壺中歲月，也就盡在方城麻將、卡拉OK與華文書報、錄影帶之間了。根據華文報紙報導，不久歐洲的華人社會將會因為衛星電視節目系統的引進，而可以在自家收看到來自大陸、臺灣、香港家鄉的各種電視節目了，這件事對大部分無法以當地語文吸收第一手訊息的中國移民而言，稱得上是個令人引首翹望的大好消息。從香港移居加拿大的作家劉曉梅女士在一篇短文中寫道：「有一首很流行的英文歌這樣唱：每次你離去，就帶走我的一部分。我想中國人就用這種方式移民。」她跟一位朋友說：「我覺得移這個民，不是離開香港，反倒是帶了一部分香港來這裡。」對的對的，而不久的將來，有了衛星電視節目之後，不管是住在巴黎、倫敦或斯德哥爾摩的中國同胞，都可以把大大小小的中國全搬到自家客廳裡供奉起來了。

這個消息在我看來不純然是好消息。傳播怪傑麥克魯漢曾預言，藉由電子傳播科技的發展，世界上的大事和重要觀念的創生，都可以在瞬息間為全球的民眾所分享，直如一個雞犬相聞的「地球村」。「地球村」的觀念在通行了三十年之後，地球村的村民非但沒有融為一體，反而日漸疏離，而最具諷刺意味的是，這樣「反地球村」觀念的現象之產生，也是起於高度發達的傳播科技。

寓居異國的僑民，透過衛星傳播的訊息，同步掌握了家鄉的大小消息，對自己客居的國家之事物反而不相聞問，這種「帶著自己的母文化走天涯」的生活形態，非但無助於移民融入他所身處的新世界，反而助長了狹隘的地域主義，也產生了無數裡外不是、兩頭皆空的游離子，大概只能以「國際鄉巴佬」名之。

我不知道我認識的那位中國人的法國女婿，將會把巴黎中國城的何種面貌介紹給他的同胞，對他的這個構想我直覺地產生一種排斥心理，總認為能吸引西方人的中國不外是一些老舊破敗的民俗意象，而他們眼中的中國人大概也還停留在祥林嫂與阿Q的典型上面。這些在經濟上或時間上消費不起一趟北京之旅的法國佬，或者是想透過進一回巴黎的中國城，而在精神上倒退回十九世紀去，去那兒安頓他們滿懷揮之不去的鄉愁？

我體恤跟我一樣寓居在異邦人士地上的同胞們對故鄉人故鄉事的戀戀難捨，但是我同時希望他們在不忘本的前提下，能大跨步走出唐人街的故國舊夢，走向巴黎、法國、歐洲、全世界，做個襟懷更大眼光更遠的地球村村民。

一九九三年二月九日

原載《中央日報》副刊

愛情經典

《亂世佳人》郝思嘉又回來了。

續篇由「明天又是另外一天」開始寫起。在失去愛情與所有朋友的孤立處境中，這個強悍又美麗的女人對自己發誓，要讓憤然離去的白瑞德重回她身邊。故事集中於美國內戰後的十年時間，郝思嘉踏上了目標明確的自我實踐之路，足跡遍及美國南方及愛爾蘭與英格蘭，孜孜矻矻於保護並重建她的神聖家園，恢復她被玷污的名譽，追尋白瑞德的足跡，重新贏回他的愛。

我並不是個《亂世佳人》迷，之所以急急捧讀這部甫出版即被評論界貶得體無完膚的名著續篇，純粹出於兼為作家與讀者的雙重好奇心：在這個性關係的自由度與隨意性使得傳統愛情中的激情與神秘性消失殆盡，試管嬰兒與愛滋病已成為尋常社會問題的時代裡，像《亂世佳人》這麼一部經典羅曼史的接續之作，能翻出些什麼新花樣來，讓讀者回頭相信愛情的恆久性？

文學藝術的主題自古以來就是在禁忌的遊戲中打轉，愛情故事尤然。英國小說家毛姆在《刀鋒》中對愛情的本質有一段經典性的論述：「如果愛情不是激情，那就不是愛情，而是別的什麼東西。激情不是由於得到滿足而增長，相反的，它越受挫折就來得越猛烈。」「激情是能毀滅人的，激情如果不再有毀滅人的力道，它自身也就亡滅了。」

瘋狂的激情，在西方文學經典作品中俯拾皆是，羅密歐與茱麗葉不顧家族世仇，堅持相愛甚至雙雙殉情，阿芒為了茶花女不惜與家庭和社會決裂，少年維特因愛絕望終至飲彈自殺，鐘樓怪人卡西莫多為了吉普賽女郎葉斯美哈達而犧牲自己，包法利夫人為追求愛情而傾家蕩產身敗名裂……世世代代的讀者在捧讀這些纏綿悱惻的愛情故事時，總是不由得為之掩卷歎息，低徊再三，忘掉自身的哀樂人生瑣瑣凡情，情華從而得到昇轉。

非理性的激情，這是浪漫主義傳統下的愛情的魅力來源，也應該是所有非凡的不落俗套的愛情本身的魅力來源，因為兩性的情感，如果讓理性來當家作主，必然就要講究門當戶對、男才女貌、你有金元我有權勢這些世俗條件的合理交換，這裡頭便不再有激情存在的餘地了。這不叫愛情，這叫買賣。

激情的引發往往來自外在的壓力。傳統的社會規範對兩性之愛有著種種限制，正是在反抗突破重重社會道德、法律、輿論的越軌衝動之中，平常的相吸引相愛悅，才演變成置榮辱與生死於度外的浪漫激情。

然而浪漫主義的時代背景已一去不回了，在這個同性戀人在許多國家都可以註冊結婚並合法領養子女的時代裡，社會道德尺度越來越開放，愛情的人為障礙越來越少，文學與電影中的愛情失去了抗爭的對象，也失去激情的催化因素，從而變得淡而無味，這時還想把羅曼史寫得有聲有色，很自然會走向兩條路，一條是愛情的官能化，另一條是愛情新禁區的創造。

愛情的官能化，就是借助赤裸裸性愛場面的描寫，來給讀者一些純感官的刺激。然而這是一條還沒出發就望得見盡頭的死路，因為性愛之所以是種刺激，也是起於它的神秘性。我們這個時代只能容下一個瑪丹娜，她一個人挖空心思把性這個題目榨得汁液不存，乏味之至！從某種角度來看，性自由性放任是文學藝術的殺手，時下的西方世界，能產生《包法利夫人》與《雷恩的女兒》這類作品的時代已經消失，人們對通姦行為睜眼閉眼，離婚也不再是種邊緣現象，愛情失去了它的禁忌與神秘性，同時也失去了它昔日的悲劇之美。

還想把愛情當做一種商品來炒作，就得為它創造新的禁區，於是《第六感生死戀》裡那種陰陽乖隔時的纏綿戀情，《魔鬼終結者》裡那種時空錯植下的宿命姻緣，《蝴蝶君》裡性別顛倒中的曖昧情慾，還有《今生有約》裡那種情願把自己「速凍」起來，以便成了植物人的愛侶甦醒時能再續前緣的癡愛，便紛紛出籠。

為了吸引渴求新鮮與刺激的讀者與觀眾，羅曼史的炮製者無不絞盡腦汁來為「愛情」的舊瓶裡裝入新酒。不久前讀到一則書訊，一本描述一個癡心女子與她的「翻版」丈夫不可思議的婚姻生活的科幻小說，在面市的同時便高價賣出了電影版權，這故事很具原創性，也充滿噱頭，值得特別介紹一下：

風華正茂的女子柯珊婚後九個月，其夫傑克便因腦瘤的惡疾故去。摯愛的丈夫的亡故並未給予她太大的打擊，因為她那位科學家父親巴比特博士早就利用傑克去世前的半年時間，對他的一言一行加以仔細觀察與紀錄，然後輸入一個外形與他一模一樣的機器人的記憶系統裡。「翻版」的傑克頂替真正的傑克成了柯珊的生活伴侶，他的形容、聲氣、脾性與人生信仰都與死去的傑克毫無二致，因此柯珊雖然明知床頭人是部機器，時日一久卻不自覺的把它當成自己已故去的丈夫，經常與它把臂共遊，重溫與傑克新婚燕爾時的甜蜜時光。為了使兩者的關係合法化，他們並到市府註冊結婚。柯珊是快樂的，機器人不會死，如果任何零件故障了，只要找她父親巴比特修理或更換零件即可，她再也不會面臨丈夫突然棄她而去的打擊。

但是人與鬼、人與機器人、人與外星客相戀的這類題材，純粹出於玄想，毫不具社會意義，只能把它當成一種消遣之作，永遠不可能成為社會大眾關注的議題。

倒是同性戀的題材深具時代色彩，並且逐漸游離它的邊緣位置，紐約的一次同性戀團體的示威遊行，竟能聚集萬人之眾，可見這個族群並不再是人們想像的游離子邊緣人了。愛滋病又是同性戀題材中最具戲劇效果的情節安排，它直接與死亡相連，人類至今無法克服它，它具有傳染性，而且通常是通過禁忌的性行為和吸毒而來，同性戀再加愛滋病的這個「愛與死」的主題，從而成了一個時代的悲劇。法國凱撒獎的得獎影片《野獸之夜》，是一個雙性戀者充滿文學訴情性的心路歷程之告白，導演、編劇、男主角一身兼的Cyril Collard，在此片甫獲提名時死於愛滋病，更使此片成為大眾注目的焦點。

《野獸之夜》是一部影片裡影片外都充滿激情的作品，主人公在死亡的陰影下為自己立傳，觀眾從這個人物身上看到一種與生俱來的焦躁與不安，他沉溺於性、暴力、藝術創作所帶來的刺激，一面苦苦追索生命的意義，一面縱情於最原始的慾望。這部影片之所以引起如此大的反響，在於它揭示了西方藝術創作者已為性自由付出了過於昂貴的代價，因為這個群體裡同性戀與雙性戀的比例遠遠高於其他社會階層，從而成了這種世紀絕症的震央。

其實就算避去與社會道德的衝撞，愛情遊戲仍然有一條光影斑斕的幽徑可走，那就是從角色的心靈內部去尋找激情之源，寫武俠小說的金庸在大碗酒大口肉大把銀子的陽剛世界裡，竟也插入一樁又一樁驚天地泣鬼神的愛情故事，其中最叫人難忘的是《天龍八部》中游坦之與阿紫間的愛欲情仇：卑劣的小人被變態的少女折磨得死去活來，卻無怨無悔的愛她崇拜她，弄到最後一個雙目失明一個兩腳殘廢，被迫相依為命，但依然是絕望的情癡與無情的毒女，直至雙雙墜崖而死方了。

當然，摹仿浪漫主義激情的贗品也大行其道，可以說這是一個矛盾又多元的時代，一個傳統的價值觀的貶值和回歸的拉鋸戰正酣，一個性隨意與愛滋病的恐懼共存的時代，好萊塢照樣可以炮製出《麻雀變鳳凰》那種灰姑娘碰上億萬富翁的當代愛情神話而大發利市，然而現實生活中，人們卻無法忽視一些身邊事物的急驟變化，並被巨變的浪頭捲著往前走，為了呼應時代的變遷，《當哈利碰到莎莉》這類新派的言情之作便應運而生，一對看上去天作之合的才子佳人偏偏針鋒相對水火不容，兩個條件懸殊身分扞格的男女，卻拚死拚活非得湊在一塊兒不可，美滿的姻緣偏要破裂，天方夜譚式的戀情卻獲得玉成……總而言之，杯裡製造風暴，浪頭要有多高就有多高。

當然，古典的激情在現代社會無法立足的話，何妨把它再送回一個遙遠的，愛情尚未受到質疑的年代，《鋼琴師和她的情人》就是一個成功的例子，《亂世佳人》續集，大概也想撿這種現成的便宜。

這兒我想起一個笑話，有人問一位文學教席，古典文學中的愛情與現代文學中的愛情有何根本的不同？獲得的回答是，在古典小說中要到一百五十回男女主角才會接吻，而現代小說中到了第三頁他們就會造出私生子來。《亂世佳人》續集裡郝思嘉也有一個私生子，只不過這孩子是來自早已與她離了婚的白瑞德，她算是犯了通姦罪，但是這罪名是可被饒恕的，我們何妨把它視為作者在設計情節時的權宜之計，這也是時下諸多情節吞吞吐吐，題旨模稜兩可的羅曼史慣用的手法。

但是請放心，這類尋死覓活癡癡相戀的故事永遠會有它的市場，對於作者筆下那些不可理喻的愛情神話，讀者非但不辨真偽，反倒自我催眠樂而忘返，這些廉價感傷的軟性讀物的大行其道，反映出現代人內心的一種隱秘渴望，想擺脫平淡枯涸的精神狀態，重新尋回永恆的激情之源。

要證明？《亂世佳人》續篇在一九九一年出版時，被評論界貶為該年度十大最差小說，卻在書市獲得了暢銷長銷的驕人成績，連續三十四週名列《紐約時報》暢銷書名單，即是一例。事實上，光美國一地就有兩千五百萬婦女是這類愛情小說的忠實消費者，全世界則有兩億五千萬婦女將它的各種譯本當成不可或缺的精神食糧，我們可以把話說得簡單清晰一點，全世界的書商每賣出兩本書，就有一本是愛情小說。

愛情不死，它需要的只不過是新的語言，新的衣裝，和新的行為準則而已。

一九九五年七月十二日

原載《中華日報》

美國《世界日報》轉載

閹割女人

這個題目使人聞到一股血腥味，而且太像出自一位有著嚴重逆反心理的婦解運動分子的手筆。婦解運動分子在大眾的心目中形象越來越壞，原因是她們犯了一個極為嚴重的錯誤，她們反對男性獨裁，卻處處以男性的行為或男性的特權為標竿和爭取的目標，結果徒然使自身淪為「次等男性」。儘管女權運動從七〇年代開始已在西方社會如火如荼地開展，然而除了爭取到男性名字也能用來為颱風命名的具體事實外，始終未見任何具有革命意義的改變。而身兼男人的母親妻子姊妹女兒等倫常與情愛多重角色的女人，在一向男性獨大的人類社會中，依然屈居於「次性」與「弱性」的地位，繼續在身心兩方面遭受男人的「閹割」。

手頭上正讀著一本妙趣橫生的小書，書名題為《性》，開宗明義章就講到兩性起源的各種神話。最有名的一樁當然就是聖經〈創世紀〉那一段，有關上帝可憐亞當形單影隻，孤獨無依，於是在不經外科手術的情況下，取他身上一根肋骨造出一個「粉紅色的柔軟的動物」

來。這樣的「女性起源考」，當做故事聽聽也罷，要對它認真的話，大概沒有一位具有性別自尊的女性同胞不跳腳——就只值男人的一根肋骨哪！後來有好事的男性作家為上頭那段故事下註腳，作的還是偏鋒文章，說是當時假如亞當肯犧牲一隻手或一隻腳做材料，造出來的女人肯定要完美多了，至少不會動輒一哭二鬧三上吊。

還有一說。在人之為人前，存在一種擁有兩張臉、兩副四肢，和一個碩大身軀稱做Hermaphrodite的生物，天神發現它活得實在太過和諧自得，出於一種帶著微妙妒意的憤怒，天神將它劈為兩半：男性與女性。這殘缺不全的兩半自此便棲棲遑遑四處去尋找自己失落的那一半，以便重新找回身心的安寧。西洋人稱自己的戀人或配偶為「另一半」，便是出自這個典故，有時他們會說「我較好的那一半」(My better half)，鍾愛之情溢於言表，也是戀愛中人一廂情願的想法。這個說法出自希臘，據說古希臘是人類史上最為文明的時代，彼時彼方有著最民主的政治體制，最高尚的審美生活，和真正平等的兩性關係，它的兩性起源論就反映了最後一點。

但是Hermaphrodite一分為二的神話，幾世紀以來，卻成了強調男人與女人身心兩方面之殊異性的玄學根據，因而就有了這樣的方程式——男性：強壯、崇智、理性、主動、外向、重原則、♂；女性：脆弱、直覺、感情、被動、內向、易妥協、♀。結論是，男性理當征服並統治整個世界，這當兒女性只好鑽入廚房，守住家門，頭上頂著父姓與夫姓，心中默誦三從四德的女性守則，以另外一個性別的附庸角色來安身立命並引為榮寵。

我不否認以純粹生物性的眼光來看，男人確實比女人強，他們跑得更快、舉得更重、搏擊力也更強，遠在人類還必須以赤手空拳面對層出不窮的天險、天災與天敵的時代，這些本事確實非常管用，而那個時代持續了很久很久，久得足夠養出男人唯我獨尊的驕氣和女人的奴性與婢妾心理。但是以純粹生物性的眼光來看，比女人強的動物可多著哩，男人又算得了什麼？論氣力，男人比不上牛與馬，論身手的敏捷，比不上猴子與山羊，論氣概，更是遠不如獅子與老虎。

進入男耕女織的農業社會，因男女兩性體能懸殊所造成的勞動價值的差距大幅縮短，這時男人與女人其實是處於各適其位的分工狀態，誰也不被誰豢養。然而因為女人不直接以體力去榨取地力，獲得活命最殷切需要的糧食，於是她養蠶織布、打理衛生、烹煮三餐和撫育幼小的這些講究技巧與經驗的勞動價值便跟著被全盤否定，被當成「不事生產」的人口，被剝奪了財產權、發言權與婚姻自主權，繼續從父從夫從子。

是的，我得承認從有了人類社會之後，就存在著「被豢養的女性」的族群，然而這也僅限於有錢有閒的階層而已，在那些一日不作即一日無食的時代，有錢有閒的階層也就只是少數的剝削分子，他們本身就是被豢養的一群，靠廣大勞動人民的血汗養自己的一身清閒與奢華。而他們所豢養的女人，不管是妻是妾是婢還是妓，雖然真正不事生產，卻得對他們提供各種形式的性服務，而性服務可能是所有身體勞務中最艱難最磨人的一種。

到了我們這個腦力勞動創造的價值往往數倍於體力勞動所得的時代，男人生理上的優勢幾乎已起不了任何作用了。這當兒男人不再需要上山挑水砍柴、不再需要下海撈蚌打魚，也沒有漏水的屋頂要他去修補，而且他也不再是唯一一個「帶麵包回家」的人了，然而「至尊男人」的神話仍然繼續被創造著，我們的社會也仍然不斷透過法律、習俗與傳播手段，來製造男尊女卑的偏見信念。

不信的話，只消打開電視瞧瞧就知道了。電視裡的法官、醫生、工程師、太空人、教授和大財閥幾乎都是男人，他們十分權威、富於機智、喜歡發明創造與冒險行動，同時又十分具有社會正義感。這當兒女人幹什麼來著？她們經常三五成群一起誇讚某個廠牌的洗衣粉包管再髒的衣服都能洗得清潔溜溜，或者像一灘水般倒入一把沙發椅裡頭，用模擬性愛高潮般的忘我表情吃一片沾著芝麻粒的餅乾，或者因為發現一包衛生紙張數更多、價錢更低，而興奮得歇斯底里。

可惱的是，非但男人相信這類神話，就連女人也相信，因為世世代代的女人都這樣被教化著，她爸爸媽媽、師長同學，她讀的小人書，她看的電視節目，都告訴她比較衛生紙的張數與價格，和鑑定洗衣粉的清潔力是她的本份，其他重大的事兒就留給男人去憂心吧，因為男人是一種比較聰明、果敢、理智、無私的人種。

男人真的就是強性和第一性嗎？這是我經常問自己的問題。大概因為我的女性自尊心太過強烈，經常要引起異性友朋的情緒反彈，他們會邀我上男廁直立小解，我就罵他們勝之不武，徒然丟男人的臉，當他們指著在工地鷹架上肩挑兩擔磚石表演高度平衡感的建築工人，出語不遜地問我：「妳能嗎？」我就毫不留情地反問回去：「你能嗎？」他們還有一招殺手鐧：「我敢一個人走夜路，妳敢嗎？」這下我生氣了，直著嗓子嚷：「如果走夜路不會碰到壞人，我為什麼不敢？」我知道不用我提醒他們，他們也知道所謂的「壞人」，不管是剪徑棒客還是性變態狂，百分之百都是男人。我知道他們也經常用最後這個問題去欺負其他的女性同胞，其中一次一個我認識的女士答稱她不怕走夜路，竟引得舉座的男士為之咋舌，他們心裡想些什麼我知道，一個敢獨自走夜路的女人不是女金剛就是母夜叉，他們對她興趣缺缺。她不怕男人，因此他們反過來怕她。

女人總有些地方比男人強吧？比如更細心、更解人、忍受挫折的能力更強，在人際關係中更具協調性，在情感上更願意主動地付出，這些長處非但是高尚的情操，也十分具有實用價值。但是男人從來不去正視它，甚至將那些美德視為「弱性」的生存之道，認為女人細心是因為女人頭腦較差，只好以勤補拙，忍受挫折的能力強是因為她們別無選擇，只好逆來順受，具有協調性表示她們缺乏原則容易妥協，情感方面無條件的付出，反映了她們心理上缺乏獨立能力，必須靠愛與被愛才活得下去。

唯一一點男人願意承認女人比他強、甚至引以為威脅的是性能力。《性》的作者指出，自古以來男人就認為女人天生被賦予較強的性活動力，這種能力如果不以人為的方式加以抑制或削弱，便會危害男人一手建立起來的社會及家庭體制。男人如何抑制或削弱女人該死的性能力呢？除了道德訓戒與社會律令的無形鉗制力量外，男人甚至發明了貞操帶與所謂的「陰核割除禮」等等不人道的方法，希望透過洗腦與肉體結構的改造，從女人身上去除掉「女性」，僅僅留住「母性」，以為安室及繁衍後代之用。

先說說「陰核割除禮」(Clitorectomy)。《肢體殘害》和《被閹割的女人》一書的作者艾利希博士(Dr. Erlich)解釋，這種手術由來已久，最早的紀錄是在西元兩千年以前的埃及。一般人以為這是一種回教的習俗，盛行於阿拉伯人的世界，其實這種習俗跟任何宗教都沒有特定關係，它廣泛流行於泛靈論的種族之間，主要發生於非洲、埃及、沙烏地阿拉伯、印尼和爪哇等地。陰核割除術手術有簡有繁，從割除陰蒂頂端，到割除整個陰蒂，甚至連帶割除部分小陰唇都有，而最後一種，在割除手術完成後，還將外陰部和陰道的入口處縫合，僅留供尿液和經血經過的必要空間。接受最後一類手術的女孩，必須等到新婚之夜才由新郎為她「破禮」。

陰核割除禮有多種不同的社會成因，那些響亮的藉口如宗教或衛生考慮等等都不可信，追根究柢，這種去除女性性器官快感部位的做法，真正的目的乃是男人使用父權與夫權來改造女人的肉體，達到使她們自動守貞的目的。由此導致的後果是不堪設想的，短期疾病有大出血、病菌感染，導致女嬰超高死亡率等，還會轉化為長期病症，如慢性感染、不育症、難產、性冷感、性交疼痛等。雖然這項手術如此不人道，但是在奉行這種習俗的社會裡，卻沒有女性敢公然起而反抗，因為一個未經此項手術的女孩，會被視為異類，甚至連婆家都找不到。

深具諷刺意味的是，男性的「割禮」（去包皮）與女性的「割禮」（去陰核），同樣都稱做Circumcision，然而前者的目的是為了讓男孩子的性器官獲得最完全的發育，以增長他的性活動能力，後者的目的則恰恰相反。

把女人超強的性活動力引為對父權與夫權的威脅，是一種純男性式的臆想，因為男性本身就極容易拿性的衝動當做行為的驅力，也是將女人「動物化」的一種心理反映，自然界實在太多這樣的例子了，比如一隻正值發情期的母狒狒，可以在短短十個小時內與不同的雄狒狒進行二十三次性交活動！「陰核割除禮」是把女人等同於母狒狒或其他受發情期生理的狂亂狀態所支使得團團轉的雌性動物，對女人除了造成肉體的傷害外，也是一種極嚴重的人格傷害。這樣的野蠻行為是歷史或傳說嗎？錯了，根據一項正式的調查顯示，目前全世界接受過這種手術的婦女就有近九千萬之譜。

上面提到的是對女性肉體的閹割，接下來再談對女人自由意志的閹割。男性對女性自由意志的閹割，還是得由男人心心念念的「貞」字說起，就拿我們這個以禮教大防做為社會安全閘的文明古國為例。舊時的中國是一個法律與人情都贊同並鼓勵男人享有多妻，卻要求女人絕對單偶的社會，我們在古人的筆記或小說中看到層出不窮的貞女烈婦的樣板，她們對自己的肉體充滿恥感與罪感。在不同時代不同作者所述的故事中，我們讀到如果一個女人不小心在異性面前露出裸露的手臂或足踝，就得嫁給那個目睹者，否則就得切除那個裸露出來的部位的故事，我們又讀到成了棄婦的女子，如何數十年如一日地獨守空閨，以期一朝良人回頭，又讀到成了寡婦的女人，要不就當下義無反顧地殉夫，要不就守住夫姓，咬住牙根抵抗所有外來的誘惑，以一襲服喪的黑衣終老，最後贏得一座「貞節」的口碑或石碑。

為什麼沒有貞男烈夫？為什麼沒有男子為戀人或妻子殉情？為什麼男子的肉體就不可恥就無罪？為什麼性活動力較弱的男人反而擁護多妻制？為什麼男人在把女人當妾當婢當奴當

妓來剝削的時候從沒想到女人是他「己身所從出」的大母親？為什麼編造人類起源的故事時，賦予男人天神的屬性，卻將女人的前身說成是男人身上的一根骨頭？這樣的問題我可以繼續往下提，已有的答案我不滿意，我要的答案卻沒有人給得了。

然而「強者」男人雖然在意志上在肉體上把女人給閹割了，但是他仍然沒有安全感，他根深柢固的「陽痿焦慮」使他愛、理解並接受女人的能力跟著期期艾艾，也衍生出被欺騙被背叛的莫須有恐懼來。根據法國最近發表的一項調查研究顯示，破壞兩性和諧關係的首要原因是男人對女人的嫉妒心與佔有慾，該項研究同時指出，女人的醋性通常以自苦的方式表現，而男人的醋性則往往以暴虐的語言或行動發洩在女人身上，從而扭曲了愛情的本質。

誰是「次性」與「弱性」？

一九九二年八月七日
原載《中華日報》
美國《世界日報》轉載

異國的異性

我剛到法國的時候，就聽一位地主國男士描繪他心中的人間天堂：「領美國薪水，享瑞典福利，在摩洛哥上稅，吃法國菜，娶中國太太。」這「娶中國太太」一節，我相信是即興之筆，是百分之百的「口惠」(Lips Service)，換上一個日本女人聽他胡吹海嘯，他一定會改成「娶日本太太」，而後者可能更接近大多數法國男人的初衷，看法國的消遣雜誌，多次看到某某名男人新得一嬌妻或一寵妾，享盡一個男子在人間所能得到的所有溫存，因為那女人慰貼起男人來，「像個藝妓(Geisha)」這樣的描述，藝妓是日本的特產，雅好異國情調卻往往不辨椒麥的歐洲人，如果將之與日本女人劃上等號，也不足為奇。

異國的異性對大多數人而言，大約都有種難以言詮的吸引力罷，本來愛好及追求異國情調，是一種人性最自然的傾向，因為凡是異國的事物，都屬於尋常生活之外的，能夠叫人暫時揮別平庸瑣碎的現實，立地遁身到一個遙遠的迷幻國度。情愛最大的刺激來自它的神秘性，所以對很多人來說，一般世俗的條件過關之後，談愛的對象往往是「新的就是好的」。異國的異性，做為一個鬧戀愛談婚配的對象，除了是個全新的人外，也意味著全新的語言，全新的烹調術，全新的風俗民情，和全新的調情手段，而只要雙方言語和文化的隔閡沒有完全消除，就可以一直處在彼此摸索的階段，可以「新」很久很久。

雖然如此富於浪漫色彩，但是異國姻緣最慣見的組合卻是「富國的男人」配「窮國的女人」，這裡頭受經濟規律的支配肯定大過於感情的作用，更遑論那類難計數的「郵購新娘」及跨國婚姻介紹所促成的婚配，那是純粹的人口買賣！如果這是臆想，也是有著龐然的統計數字做為根據的，以中國大陸為例，根據最近中國民政部的一份報告，大陸涉外婚姻由一九七九年起大增，至一九九四年年底共有近三十萬人以結婚為由申請出境，報告中列舉了涉外婚姻的若干特徵：中方女多男少，女方是中國人的佔百分之九十五的壓倒性多數，女方年齡普遍遠小於她的異國配偶，配偶多為西方工業國公民，等等。

愛情原本就是種飄忽迷離的鏡像，純粹是個人的自由心證，但是寄託的希望多了，便成了愛情。開發中國家富於進取心的年輕女孩，往往以「外嫁」做為改造自身命運最快捷的途徑，如果她夠聰明、美麗、熱情，加上適當的機緣，是不難讓自己成為異國男子追求的目標的，而窮國弱民、不經世面的出身，又往往被假設成為一種安穩婚姻的保證，這跟大都會上流社會的男子追求小地方清寒人家出身的女孩的心理，可能非常近似。

這窮國女嫁富國男的組合，大體上也不出人類女性在擇偶時採最上值，來保證下一代的優生優育，以實踐人種進化的自然預謀的範疇，然而人畢竟已走離獸的直覺遠矣，世俗的分辨心與功利心一發達，就更容易被表象所蒙蔽，參不透事物的本質，糊里糊塗地以他人的手段為自己的目的，碰上外國人，往往只識其國不識其人，能逮住機會抓住對方的衣角沖天一飛，便算贏了第一步，至於往後是以驢充馬或騎驢找馬呢，都不在考慮的範圍之內。

這就解釋了大陸男演員姜文所說的，「我國的很多好妞都被國外的二流子泡走了」的現象——可歎王謝堂前燕，飛入異國尋常百姓家！據說大陸許多知名度很高的影星、歌星、舞星，和國寶級的民俗藝術表演者，在以往那些較閉鎖的年頭裡，為了放洋鍍金，往往跟著一張洋面孔就草草走人，雖然她們心裡也都明白自己碰見的並不是白馬王子。

窮國女透過與富國男一紙婚約，提升了自己的經濟條件，連帶擴充了自己家人的生存資源，可同時卻一頭栽入了父權資本主義的天羅地網之中，她被帶入異國配偶的世界裡，學習他的語言，學習以他能接受的方式去愛他，學習以他世界裡的遊戲規則來應世，像重新誕生一次般，生活在一個跟哪兒都不接茬的嶄嶄新卻不可親的世界裡，與外頭的酬酢往返之間無規可循卻有不可犯之條。

這兒我想起了成群結隊到莫斯科去買新娘的美國光棍團。共產制度崩潰後，莫斯科一切向資本主義社會看齊，以美元為馬首，因此對美麗但窮困的俄羅斯姑娘而言，嫁個美國金龜婿是擺脫酸楚窮愁最便捷的途徑，這灰姑娘們隱微的願望，竟被她們一些有生意腦筋的同胞發展成一門有厚利可圖的買賣，一個叫 American-Russian Matchmaking 的組織，在收取高額的介紹費之後，安排往往有數十人之眾的美國光棍團體到莫斯科與當地經過特別甄選的美女共餐同遊，經過幾天的團體或個人活動之後，每位美國男士會選出自己心目中的理想伴侶，而向隅的俄羅斯女子，則只好耐著性子等待下一回的「我愛紅娘」活動。

據說這項跨國的聯婚活動促成姻緣的機率高達百分之七十，從電視專題報導影片上看到山姆叔叔和斯拉夫姑娘透過隨身翻譯「談」戀愛，也竟能三兩天內緣訂終生，覺得委實匪夷所思，雖然「戀愛禪」的最高境界是連金石竹帛都不可留一絲痕跡，連語言也顯可疑的心傳，然而男女一個屋簷下生活，日日有柴鹽油米的實際問題得解決，可不是閉門相對修行。

在法國看多了那種嫁法國人卻連一句合乎文法規則的法語都出不了口的外國媳婦，我常懷疑這樣的異國姻緣不是談出來的，至少思想的交流是談不上的，當真把婚姻倒推回「嫁漢嫁漢，穿衣吃飯」的最粗糙的狀態了。我自己所知道的一個例子，一個遠嫁到巴黎來的臺灣女士，在法語世界生活了近十年時間，始終是法語的文盲加啞巴，有一回跟她那個學中文的法國丈夫吵架，竟莫名其妙被他電召來的救護車送入神經病院住了一個晚上！

上頭所提的例子也許太偏頗，然而我自己在而立之年才到法國牙牙學法語的經驗，卻讓我對那類經年性不能暢其言，既讀不通書報雜誌，也看不懂電視電影的「外國媳婦」份外同情，一個人的思想與語言長期分家，久而久之智商大概也會跟著大幅下降罷？就算語言這一關通過了，缺乏共同的文化背景，缺乏共同的成長經驗，也許也會成為異國伴侶間思想交流、性靈相契的障礙罷？

不過也許這些問題，都是出自一個旁觀者的臆想與假設罷？有關兩性之間的種種，在接觸之前，最容易受幻想的支配，在接觸之後，最容易受自身遭遇的支配，永遠不會有真正的持平與客觀。

甚至，用一種更清明更理性的態度來看，並不存在著這個國或那個國的男人和女人的問題，也不存在著男人和女人的問題，只有這個男人和這個女人的問題。

一九九五年十一月十九日

原載《自由時報》副刊

熱愛「醜聞」

前段時間，香港影劇圈爆出一樁涉及多位知名女演員被詐財騙色的桃色新聞事件，報載公開訊問時，法庭的旁聽席大大爆滿，向隅的數百位市民驅之不去，在法庭外一守幾小時，只為一睹當事人的廬山真面目。這個新聞事件的後續性報導一個多月不斷，香港稍具知名度的女演員紛紛挺身自清，表示自己不是該事件中人財兩失的「A小姐」，其他自認形象良好的演員，也紛紛發表了對失足同行的指摘，新聞鬧得沸沸揚揚，儼然成了漫漫炎夏中香港人消暑的最佳娛樂。

按照普普大師安迪・沃荷的定義來看，香港這起桃色新聞大概是最典型的「醜聞」。安迪・沃荷認為必須具備以下幾個條件，才足以構成一樁「醜聞」：一、行為者是名人或公眾人物，二、有受害人（行為者自身成了受害者也包括在內），三、違反當時當地之道德準則者，四、行為者力圖掩飾所犯錯誤而未遂者。這位向來語不驚人死不休的半郎中半先知型人物甚至宣稱「醜聞使我們的社會生機勃勃」、「製造醜聞是名人的附帶義務」，綜合他對美國上層社會數十年的觀察，他發現演藝界與政界是醜聞的溫床，前者經常以出軌的性行為而犯禁忌，如通姦、雜交、同性戀、易裝癖與暴露狂等等，後者則最易掉入權力與金錢的陷阱，貪污與濫權是那個圈子最常見的罪行。

安迪・沃荷認為對各類醜聞瘋狂的嗜好，是現代人的精神特徵之一，關於這個說法的真確性，只要看看《美國醜聞》一書作者喬治・科恩(George C. Kohn)描述一八七五年，紐約著名傳道士亨利・比澤與他教民的妻子蒂爾頓夫人通姦事件爆發後，法庭開庭審判的場面，即可了然於心：「陪審團的內部意見久久難於取得一致，審判只得繼續進行。每次開庭都吸引了大批市民，把法庭擠得水泄不通。免費的旁聽席入場券被炒賣到五美元一張，但每天仍然有數千人被擋在法庭外面。小販們於是擺起攤子大賣三明治和汽水，有些則專門出租望遠鏡。訴訟兩方的支持者各自送來鮮花。旁聽席不時對幾位證人發出噓聲。這個長達六個月的訴訟案，無疑是一八七五年紐約布魯克林區最激動人心的娛樂活動。」

我們只要更改事件的時間、地點與內容，這個發生於一個世紀以前紐約的傳道士通姦案對簿公堂的場面，與香港影圈那樁詐財騙色案的開庭情形，幾乎可以說如出一轍。原來不分古今中外，人們對醜聞的揭發與傳播，興趣總是同樣高昂。

如果說我們的時代，是有史以來最具扒糞精神的一個時代，似乎有失公允，唯一不同的是，我們的時代擁有了最有效的挖掘與擴大醜聞的各種傳播媒介而已。傳播媒介經常被指摘肆無忌憚地渲染醜聞，甚至操縱、擴大醜聞的影響面，這是那些仍然把傳播媒介視為一種「社會公器」的人士帶些理想色彩的看法，如果我們僅把傳播媒介當成一種普通的商品，那麼它以反映並滿足大眾的需要，做為求生存的不二指導原則，就不足怪了。事實上醜聞的傳播，正是公眾熱愛此道的一種忠實反映，最可指摘的是人類的劣根性。

由於醜聞大大投合了人們的精神窺視癖，並且經常供不應求，於是就有了以專門挖揭內幕新聞和小道消息的記者及「饒舌專欄」的作家，這類文棍稱做Scavenger，被視為擇食腐肉的動物的同類。他們削尖了頭鑽入名人進出的各種場所，在名人身邊佈下眼線，甚至出高價買來各種未經證實的消息，然後大加渲染與誇大，歪曲視聽。據了解，《南西・雷根外傳》的作者姬蒂・凱利，就曾分別買通了這位前美國第一夫人的朋友、白宮的花匠，和曾為南西服務過的裁縫師、美髮師、百貨公司女店員等一百多人，才寫出那部以詆毀與醜化為賣點的低級作品。

有些以醜聞為專業寫作路線的記者與作家，甚至不惜用各種令人匪夷所思的方法，潛入名人的華廈巨宅，蒐羅盜取他們製造的垃圾，從中窺視名人私生活的底蘊，在美國一些把垃圾列為私產的州內，他們的行徑絕對足以構成竊盜罪名。由垃圾來研究名人不為人知的私生活，近十幾年來已發展成一門學科，許多學術單位都把垃圾當成社會學資料的寶庫，例如吐斯坎大學就開了「垃圾學」的專門課程。這是扒糞行為的理論化與學術化。

醜聞的商品化，比起醜聞的傳播，則更加敗壞人心。半個世紀以來，發生在美國社會的一些較具聳動性的醜聞——尤其是桃色醜聞——幾乎都有了同一的發展模式，先是傳播媒介的炒作，當事人經常在有報酬的情況下，接受報章雜誌或電視臺的訪問，公開現身說法，接著是一部暢銷書與暢銷電影的誕生。有些桃色醜聞的女主角，在自身表彰慾和巨額報酬的雙重誘惑下，而登上《藏春閣》或《花花公子》那類成人雜誌，以裸裎來進一步滿足人們的窺淫癖。

例如一九八七年，因與擁有千萬追隨者的傳教士吉姆・白克爾搞通姦而名噪一時的教會秘書傑西卡・哈恩，剛剛透過新聞界表示那個被福音傳教士誘姦事件，對她個人心靈造成極大的傷害，並且淚流滿面地求取上帝的寬恕，不久後即以一張上空艷照登上《花花公子》當期的封面，經證實她為此總共得到七十五萬美元的報酬，有位評論家認為，哈恩小姐前後自相矛盾的行徑，已成了一個被金錢與肉慾所腐蝕的時代的縮影，她挺身揭發白克爾教士的作法，是有意製造醜聞，以達到獵取金錢與知名度的目的。

醜聞的商業化，算以「醜聞旅遊專線」的流行為甚。在一九七二年「水門事件」發生後，華盛頓一家別具生意眼的旅行社，開辦了醜聞旅遊專線，專帶遊客參觀那些醜聞的發生地點，自稱是「醜聞旅行團」，旅遊的主要地點是哈特的「尋芳窟」、尼克森在位時白宮官員居住的「水門」住宅區，和白宮附近發生「伊朗門」事件的一棟辦公大樓。這條醜聞旅遊專線成立至今已接近十年歷史，仍然生意興隆，這是公眾為醜聞所吸引的又一有力說明。

有些醜聞並非由犯罪行為所引起，而是單單起於不同時代不同地方對道德準則的差別解釋。美國第三任總統湯馬斯・傑克遜，因為與一位有四分之一黑人血統的女奴賽莉・海敏絲相愛並養育了七個孩子，被迫在一個對混血通婚者絕不寬貸的社會，終生以沉默來抵制加諸在他與家人身上的痛苦與恥辱。美國第七任總統安德魯・傑佛遜，因為一時疏忽，沒弄懂各州法律之不同，在他深愛的女人與前夫的離婚手續尚未發生法律效力之前，即倉促成婚，結果在那個清教思想大行其道的時代，被冠上姦夫及重婚者的罪名，在醜聞的陰影之下，傑克遜總統為了保護他的妻子免於為流言所傷，而多次與人爭吵、動拳打架，並兩次與那些醜聞的傳播者決鬥。

英國著名學者克萊夫・貝爾認為，指責甚至把一個喜歡男扮女裝或一個喜歡自己的同性勝於異性的人關入監獄，無疑是一種野蠻社會的表現，因為他們的行為只反映了他們的思想情感和人生情調與大多數人不同而已，於社會國家並無害處。雪妮・巴羅斯這位擁有兩位乘「五月花號」來美國的傑出祖先的名門閨秀，在一九八四年被控犯了鼓勵賣淫罪，新聞界以她顯赫的家世而給她冠上「五月花夫人」的綽號，這位經營了三家伴侶介紹所的良家婦女因被當成老鴇看待，而大感憤怒，她在她那本後來成了暢銷書的自傳上寫道，「一個成人不妨礙他人的任何行為，都不是其他人與國家該管的事，輿論迫害與宗教迫害和政治迫害一樣，不可原諒。」她引述《聖經》裡的訓喻，「住在玻璃屋裡的人，就不該拿起石子擲他人的玻璃屋。」既然人人都難免犯錯，因此就應該對他人的弱點與短處，抱持哀矜勿喜的態度。

是的，一個道德禁忌最多的社會，就是一個最不文明的社會，那個社會往往把偏見提高到原則的地位，並且強加在所有人身上，這種社會經常把所有不遵循偏見的行為稱做醜聞，比如湯瑪斯・傑佛遜之所以觸了他所身處的那個社會的逆鱗，只不過因為他不是一個種族歧視者而已，而安德魯・傑克遜之所以成為當時千夫所指的叛逆，也僅僅起因於他對愛情的過度忠貞及不夠了解世情罷了。

因此，為了不流於偽善與假道學，所有的人都應該自我警惕，在面對所謂的醜聞時，不要義無反顧地扮演起道德的仲裁者，忙不迭地扔出第一塊石頭，因為對他人的任何道德判決都是很危險的，原因在於社會的準則總是不斷地變化，那些在過去為人們所譴責甚至殺之而後快的事情，在今天已變得跟呼吸一樣自然。在今日我們當中一些思想比較開放前進的女同胞，已津津樂道裸泳的樂趣時，我們幾乎無法想像在過去的某些時代裡，如果一個女人在異性面前不小心露出裸露的手臂或足踝，就得嫁給那個人，否則就得切除那裸露出來的部位。

哪一天人們不再爭先恐後地擠到法庭去看桃色新聞女主角的真面目，哪一天傳播媒體對討論環境保護的問題，比對醜聞的揭露更感興趣時，我們才可以自稱我們生活在一個文明的時代裡。

一九九一年九月三日

原載《中華日報》

君子風度的異化

我第一回到英國時，很抱著將入禮儀之邦的朝聖心情，特別在巴黎的英文書店買了一本英國女作家貝芙絲的大作《九〇年代的生活指南》，這是入境問俗的小手續，以免唐突了以「明禮法、別尊卑、守秩序、惡誇揚」聞名遐邇的地主國人士。

貝芙絲女士的諄諄告誡倒也合乎人情世故，她筆下倫敦禮儀社會遵循的行為規範，要是拿去臺北實踐起來，也不算太招搖。幫女士開門、開車門、拉椅子，協助她穿上外套，都還是男士們的基本禮貌。女士主動約心儀的異性外出用餐，就得有付賬做東道主的準備。在公車上男女都得讓座。不可等呵欠成形，再將它揉碎在臉上，一個深呼吸，就能使它流產。在公共場所不打「大哥大」。走路時不吃東西不喝飲料。儘管餓得眼冒金星，也得等所有人入座後才動刀叉。不能用傳真機答覆商務應酬或私人的邀宴。

性愛衛生方面，貝芙絲女士主張，男女可以相互查詢是否患有性病，可以要求對方使用保險套，但是如果女士隨身攜帶避孕工具的話，那非但嘲諷了愛情也謀殺了羅曼蒂克。在公共場所不可以發脾氣，不管是對侍者、情婦或自己的寵物都一樣。英式幽默與外交辭令都應該保存，挨別人踩了一腳仍然該說「對不起」。在社交場所放屁這個尷尬問題，貝芙絲女士也有對付的辦法：預感自己要放屁了，趕忙走開一下，當真來不及的話，坐姿時可抬起一瓣屁股，立姿時暫採「稍息」姿勢，都能減音，要是這些努力都失敗了，也就是說放了一個響屁，那就得抱歉。

在貝芙絲女士的著作之前，討論英國國民性的文章也涉獵過一些。游學過英國的作家老舍就觀察得很深入，他指出：「英國人擺餐具的時間比吃飯的時間還要長」，「稍稍講體面的人家，常常寧可省下伙食費來買鮮花」，在〈二馬〉那部小說裡，他讓英國通李子榮告誡乍到倫敦的馬威：「喝茶的時候別帶響兒，英國人擤鼻子的時候有多大力量用上多大力量，可喝東西時不准出聲兒……別當著別人抓腦袋，別剔指甲，別打嗝兒。喝！規矩多呢。」

法國作家A. Mdaurois也在英國受到「文化震撼」，他回憶他剛到英國時，簡直受不了英國人的古怪脾氣，說英國人的家就是他的城堡，挖了護城河，又養了鱷魚，外人欺身不得。又說英國人自矜自恃，兩個已經正式介紹的人，街頭偶遇，也形同陌路，見過幾回面了，也仍然是點頭之交，從無一句親熱體己的話。

能苛扣伙食費來買鮮花裝綴自家門面，也能為禮儀而犧牲口欲，一位長期派駐倫敦的法國外交官提及，英國人明知大蒜有益健康，也能為食物提味添香，卻以蒜臭有礙社交，避之如鼠疫，並以滿嘴蒜臭為法國人的專利，英吉利海峽鑿通時，英國《太陽報》就以「聞到大蒜臭了」，提醒同胞防範高盧人的入侵。為了健康，百分之八十的英國人是以膠囊劑或丸劑的形式「服用」大蒜的。而英國皇室乾脆明文禁止它的成員吃辣椒、咖哩、大蒜及一切辛辣刺激的食物。這位外交官下了個結論，這樣的民族，怪不得擅作章法嚴明的商籟體詩，這種詩體是義大利人在十四世紀以前就創生的，引入英國後，大部份的作家都謹守原來的格式，連充滿原創力的莎士比亞也謹守當時通行的章法。

說到禮儀之邦的文化震撼，我甫到法國時就深深領受了。一夥朋友開車去郊遊，遊罷回到停車處，發現車門被不知哪個冒失鬼撞凹了，這時有人從雨刷下拿起一張紙條，是肇事者留下地址及電話號碼，讓車主去索賠，我當時想，在這荒郊野外，那人要肇禍逃逸，直如反掌，他大可不必主動承責。我自己是個臺灣人所謂的無頭神，經常要掉東西，每回發現了尋回去，總會看到有人捧著我的所有物站在原地等候失主。我們住的這個有四萬人口的小城的電影院，五個放映廳是一條走道串起來的，買了一張電影票入場後，就沒人管了（事實上整個電影院也只有售票員一人把關而已），大可一票連看五場不同的電影，可根據我長久的觀察，觀眾總是在散場後便從出口處走出電影院，從來沒有人折到另一個放映廳去看霸王戲。市內公車有兩道門，前一道供跟司機買零頭票的乘客上，第二道是持月票乘客的專用門，不設稽查員——我相信混水摸魚乘霸王車的人絕無僅有，否則這套體制就不可能維持下來。

住著幾十戶人家的公寓，每晚九點過後，就幾乎聽不到任何響動，後來我發現一般法國人夜間如廁後是不拉抽水馬桶的，怕截破鄰人的輭夢。通過一扇門時，瞥及十步開外有人尾隨而至，就會幫對方掌著門。搭電梯登樓，也會壓下「暫停」鈕，讓遲一步者從容進入。馬路上永遠是車讓人，對像我這種在臺北時飽受市虎淫威從而在過馬路時一臉遲疑驚恐的人，法國駕駛人每回面帶微笑打出的「請」的手勢，都把我的心燙得暖暖的。人與人之間一般性的禮節，在我初到法國那段日子，時時讓我驚歎這是個富而好禮富而好文的君子國，三天兩頭寫信跟家鄉的親友報告我所發現的這個「美麗新世界」。

有著這樣的法國經驗，大學主修英國文學、十數年來一直拿這個以FAIR-PLAY（君子風度）自豪的國家為精神上的第二籍貫的我，一旦親臨其地，立即遭受了一場認知危機。我倫敦的第一瞥是維多利亞火車站，一踏出大門，放眼看到的是附近公共汽車站前爭先恐後亂成一團的人群，管理單位必須加設護欄迫使排隊者挨個登車，隊伍中仍然有不敬祖宗的毛小子在掄胳膊肘子。那時正值夏末換季大拍賣，幾個舉世聞名的老牌百貨商場裡左突右衝的人龍，也大大違反了我心目中那個文明大國的精神風貌。

我疑中留情，告訴自己那些隊伍中的害群之馬是外來的觀光客。很快的我又發現英國人的家外頭並沒有用養著鱷魚的護城河圍起，這個旅館業出奇不發達的國家裡，一般屋子裡有空房間的人家，無不掛起「B & B」的牌子，提供外地人一張床與一份早餐，賺些外快來貼補家用。英國人也不像我想像的那麼衣冠楚楚、風度翩翩，首相梅傑就是個一年到頭黑框眼鏡、灰色西裝，要時裝設計師勒緊腰帶過日子的「隱形人」，而倫敦街頭的龐克族，卻偏偏以髒和怪來彰顯自己的存在，成為大不列顛觀光局用以招徠外國觀光客的活動地標。英國人其實也不怎麼忌口，大蒜麵包非常受歡迎，咖哩雞與咖哩牛肉是餐館與家庭最尋常的菜式，而油炸則是所有葷食最慣常的處理方法。

還有窺淫癖與表彰慾的雙料毛病。某家娛樂專業報的記者，闖入剛動腦部手術的演員的病房裡，要戴著氧氣罩的重病號接受獨家專訪。《太陽報》的攝影記者用望遠鏡拍下正因拒食症接受治療的搖滾歌手的妻子駭人的形容，活骷髏的模樣見報後，惹得她企圖自殺以平羞憤。佛姬以五十萬美金的價碼出售一家四口的生活照，「以平衡開支」。戴妃則上BBC去訴說自己讓大英王儲戴綠帽子的經過。這個還沒脫下維多利亞道德緊身衣的國度，一個政治人物往往會因為某個女人褲腰和嘴巴都太鬆而毀了大好前途，但是普通的老百姓，只要買回一份報紙，就可以觀賞一個綺年玉貌的鄰家女孩的上空艷照。

倒是不止我一個人覺得大不列顛世風日下，人心不古。在英國住下不久，就看到BBC電視台一個談話節目在討論何以世代相傳的FAIR-PLAY日益蕩然，座中有人大觸逆鱗，認為禮儀之講究，走到極端時，使不少人缺乏人格自主性的張揚，時時刻刻在吃相、坐姿、步容和辭彙的選擇等瑣碎的細節上謹小慎微，還敢去闖文化與科學的禁區嗎？而傳統的紳士精神，是一個全面性的心理基座，在講風雅與性靈的同時，必然要敵視企業管理技術，因為管理意味著制度，而制度向來扼殺個性與風度，紳士也要消滅競爭，因為競爭意味著匆忙，言下之意，大不列顛為了全面現代化，大可矯枉過正，把田園詩般的紳士風度扔入陰溝裡。來自牛津大學和曼徹斯特大學的兩位社會學者，不約而同認為如今英國人精神風貌異化到如此地步，無疑是「來自大陸的影響」，不排隊、亂丟垃圾、語言粗俗、順手牽羊，全是英倫三島「日益歐洲化」的結果。

君子風度必然要與進步、現代化相扞格嗎？近年來一些英國評論家對這個擁有全世界最成熟的議會制度，最完善的社會福利，既是工業革命的發源地，更有一整個世紀日不落國輝煌歷史的帝國之所以沒落這個題目的分析，往往從傳統君子風度的存在著手，說是錯在教育和文化導向上頭。傳統教育的目的是塑造紳士，紳士就是不務實不功利。在維多利亞時代，青年要學希臘文與拉丁文，要熟讀聖經，而且上流社會的子弟所受的課程都得刪去跟商業相關的所有項目。偏偏英國大規模的工商企業總是由上流社會組成的董事會所把持，這些人從不以利潤為目標，只要能支領足夠的薪津讓自己過上傳統的紳士生活，便於願足矣。如果沒有吟遊騎士般的風度，光憑實業家的幹勁，萬萬不可能擠身上流社會，更不可能在政壇出人頭地。

八〇年代，英國學者馬丁・維納在他的著作《驕傲與沒落》一書中，明言指出，只有一個擁有龐大的海軍，雄厚的銀行儲備，而且舉世無一敵手的超級強國，才能擁有人文主義與自由主義這些奢侈品，而紳士風度則是這些思想在世俗生活層次的實踐，他的結論是，「英國已經沒有這個資格」。

這兒我不由得想起在香港《星島日報》上讀到的一個小方塊，作者提及當她看到一個高大威猛、金髮碧眼的英國青年在九龍一家百貨公司充當門警，感歎英國的年景已蕭殺至此的同時，也明白了何以那麼多移民英國的香港人紛紛打道回府的因由。大不列顛人「選民」的日子，當真一去不復返了。

回到我們中國人務實的社會文化觀，倉廩實而明禮義，衣食足而知榮辱。沒有任何人、任何民族是天生的君子，那是以一個富裕、寬容、文明的社會為後盾，由環境薰陶與自我修持相輔相成的教育的結果。時至今日，英國人也得跟著貝芙絲女士的諄諄教誨，由吃相坐姿學到如何消滅呵欠，如何同時保有生理衛生與羅曼蒂克了。

一九九六年七月十一日
原載《聯合報》副刊
美國《世界日報》轉載

好窺淫的清教徒

戴安娜王妃的前情人詹姆士・休伊特最近在一次錄影訪談中說：「我曾經想為戴安娜而死。海灣戰爭期間，我希望自己被徵調，戰死沙場，從而結束我與她之間這段絕望的戀情。」由他一手策劃、製作的這個訪談節目，已於三月間公開拍賣，世界各地的觀眾都有機會看到戴妃轟動緋聞的男主角自表心跡，而他這番剖心掏肺的告白，也為他賺進一百萬英鎊的鉅款。

休伊特可不是第一回因為與戴妃傳緋聞而發橫財，這位英國女王個人衛隊的前軍官，一九九四年即與女記者巴斯特納克合著《熱戀中的王妃》，大爆他與戴安娜多年秘密戀情的內幕，而賺進超過兩百萬英鎊的版權費，卻見棄於英國上流社會，不得不挾著那筆不義之財到遠離倫敦的南部海岸隱居，在自己豪華莊園的圍牆上裝了通電的鐵絲網，養上成群的警犬，以免遭受心懷義憤者的攻擊。

這個訪談節目原先因英國皇室的干預，禁止在本國播出，終在傳播業者極力爭取下開禁，由擁有一百五十萬訂戶的Live TV有線電視出重金買下播映權。播或不播的那翻爭論，炒熱了這個節目，使它未演先轟動，英國報界稱之為是對休伊特這隻「多情耗子」的「半景採訪」，以示與前不久BBC電視臺播放的戴妃自述宮中生活與婚外戀的「全景採訪」的區別。Live TV六月初首次播出，即選了週五晚間九點的鑽石時段，當晚午夜再重播兩次，並對外發佈新聞，聲明會至少播映五十次。

在BBC那個「全景採訪」中，貴為儲妃的戴安娜除了向世人承認她與休伊特的姦情外，也披露了自己的暴食症，談及少女時代發現父親有情婦時所受的震撼，和與皇室日益惡劣的關係等，也為BBC創下收視高峯。

幾回在英國小住，發現當地傳播媒介搬弄皇室的內部矛盾，有如美國人炮製肥皂劇一樣在行，日日連臺好戲，讓人目不暇給。自然，戴安娜的飲食失控與婚外情是上好的劇碼，痴肥、庸俗的佛姬，也是爆笑劇的最佳女主角，舉凡她裸著上身讓那個光頭佬吮腳趾，在賽馬會上拿雨傘尖捅男士的屁股，搭飛機時用購物袋罩住整個頭以避去旁座的注視，和成箱成箱購買香檳酒成打成打訂做絲質內衣，都成了那類饒舌小報的頭條新聞，使之銷路暴增，並且傳誦至全世界，難怪有位專欄作家會譏諷地寫道，刻下英國唯一有出口價值的商品，就剩下伊莉莎白女王的家醜了。

在英國，能為「搧色腥」小報促銷的不止是王室的家庭糾紛，任何有關名人的小道消息都有市場，儘管這些饒舌報刊不受主流媒體的重視，卻也不能否認它們對輿論的影響力，以皇室為例，安妮公主、查理斯王子和安德魯王子先後婚姻破裂，它們都難辭從中推波助瀾之咎，透過不斷報導皇室成員的醜聞，更為搖搖欲墜的君主制度一再敲起警鐘。

這個至今沒有脫下維多利亞時代道德緊身衣的民族，竟同時具有窺淫癖和表彰慾兩種毛病，都說英國人矜持、保守、重私秘、明禮教，可我的觀察卻全然不是這麼回事，報刊雜誌除了成篇累牘大爆名人醜聞外，還出價要市井小民賣自己的隱私，只要兩百英鎊的報酬，就能叫一個背著家人去夜總會跳脫衣舞的女教師自述心路歷程，並且提供數幀正面艷照，也能叫一個在出遠差時宿娼，而染上愛滋病的公司主管，向全世界透露連他的妻子兒女都不知道的秘密。

滯留英國期間，最吸引我的文化現象，就是饒舌小報的暢銷，和自揚家醜的電視談話節目的大行其道，英國人非但熱衷揭人暗瘡，也樂於在公眾面前抖自家的髒床單。有專家分析，這種文化現象背後的大眾心理機制，是破解面具、直搗事實核心的需要，於是名人的隱私遂成了公共論述，至於自揚家醜呢，除了擺脫隱藏秘密的心理負擔外，還可以透過向公眾告解，取得了解、同情與寬宥。

這種文化現象以其說是出自英國的國民性，毋寧是盎格魯—撒克遜民族的社會通病。美國在性方面，公眾的尺度看似非常開放，但社會卻存在各種道德操守的禁區，對於這種既保守又開放的兩面並存現象，有社會學家拿美國自身的歷史來解說：嚴守清規戒律的清教徒，在西進拓荒的路上，卻難免龍蛇雜處、男女混居的生活型態，才造就了美國人「即之儼然，望之也亂」的雙重性格。

美國銷路最大的週報《美國國家詢問報》，就是一份典型的東家長西家短的饒舌雜誌。影響報刊銷路的，不是那類義正辭嚴的社論或深度報導，而是專爆名人秘聞的小道消息，紐約《明星》週刊專門報導名人動態的王牌記者珍納查爾敦，發現讀者對名人的消息百看不厭，名人整容的報導固然有趣，但名人因整容而破相的消息，則會使報紙的銷量明顯上升，讀者也愛看名人懷孕的新聞，但名人流產的報導卻更有賣相。

因此美國傳播媒介的從業人員都練就一身絕佳的扒糞功夫，為了揭名人私生活不宜曝光的那一面，手段無所不用其極，或竊聽或偷攝或掏垃圾或闖空門或買通傭僕或差員臥底。醜聞非但可以高價買賣，可以做為晉身演藝界的敲門磚，也可以做為打擊對手的殺手鐧。因而一個政治人物往往要因為一個女人褲帶和嘴巴都太鬆，而葬送掉在政壇的大好前途，而那個挺身揭發他的女人，則可以趕著新聞熱潮，殺上電視談話節目，殺上《閣樓》或《花花公子》

雜誌的彩色夾頁，殺上七彩寬銀幕去。

但是與英國只有一水之隔的法國，在公眾知的權力方面，卻有著截然不同的尺度。法國人對英、美兩地層出不窮的「性與政治」的醜聞，大多感到荒謬與厭惡。美國總統柯林頓當時出馬競選，傳出與一個夜總會歌女有段婚外情，聲勢大受挫折時，法國的報紙即嘲諷性地寫道：「想在美國參政，必須先證明自己的道德學分和德蕾莎修女一樣高。」並明顯地對盎格魯—撒克遜的輿論訴訟程序表示厭惡，認為那種對個人私生活窮追猛打式的揭發，乃是一種中世紀宗教裁判所遺留下來的專橫陋習，非常不足取。

這絕不是唱高調。以剛剛謝世不久的法國總統密特朗為例，在他治理法國十四年期間，向法國人民隱瞞了兩件天大的秘密，法國人知情之後，非但深表同情，而且還要指責揭發他秘密的人。其一是他擁有「兩個家庭」，而那個非法的「第二家庭」，也安置於總統府愛麗舍宮內，其二是在他一九八一年當選總統後，向全國人民表示將每隔一個季度便公佈一次他的健康醫療報告，旋即發現自己罹患了前列腺癌，為了繼續執政，他便向公眾隱瞞了這個秘密，直到一九九二年不得不入院動大手術時，才首度披露。

關於密特朗第二家庭的存在，對法國的新聞界早就是個公開的秘密，雖然這是個值得大書特書的聳動新聞，但是傳播界二十幾年來始終隻字不提。在法國，私生活神聖不可侵犯是一條不成文的清規戒律，也是傳播媒介的絕對「禁區」，這點法國人一向非常自豪，認為比起英美那種「人人有權拿起石子砸別人的玻璃屋」的作風，要文明許多。前年法國週刊《巴黎競賽》獨家刊登了密特朗第二家庭及私生女的報導，在法國引起一場激烈的爭論，爭論的主題，即是否應該為維護公眾知的權力，而侵犯政治人物的私生活。

密特朗早於一九八一年染上癌症的事實，是在他故去之後，他生前的私人醫生古布勒在所著的《大秘密》一書中披露的，然而就在該書出版的翌日，巴黎民事法庭便作出禁售《大秘密》一書的裁決，這在鼓吹言論和思想自由的法國，是十分罕見的。根據民意測驗顯示，大多數民眾都反對作者對密特朗私生活的披露，認為這是一個人應該享有的隱私權，而大部份出版商的立場是反對禁止銷售此書，以免開了一個威脅言論自由的先例，但他們當中的大多數卻表示，他們的出版社不會代理出版類似的書籍，理由也是「保護個人隱私」。

由法國人堅持傳播界應該替密特朗總統保守秘密這件事，可以看出來法國文化和社會傳統對個人隱私的尊重與寬容，這與盎格魯—撒克遜民族那種以追究事情真相為名，而大行攪屎扒糞之實，以達到整肅異己，或炒作收視率或銷量的作風，實在有如天壤之別。

「狄凡・布朗現象」

狄凡・布朗在她好萊塢的豪華住宅裡享受了一回真正的香檳浴，用的香檳是美國加州當地產的，價格可也不比法國貨低。這香檳浴她多年夢寐以求，她曾多次在那類俗艷的言情小說中讀到這種情節。在那冒著晶瑩泡沫的酸甜酒液中浸上一回，對她具有儀式般的意義，似乎就此洗去了貧賤生活在她身上烙下來的印子。

自從那一夜與大明星休・格蘭奇異的邂逅後，她的人生整個改變了，她再也不必和其他流娼擠在那類連馬桶與浴缸都沒有的下等旅館的小房間裡，眼下她已住進好萊塢名星與富豪匯集的高級住宅區裡一棟有六個房間的別墅，在裡頭掛滿帶有高級設計師簽名的華服和皮草，還有無數她從前作夢都不敢夢到的奢侈品。她甚至也擠身所謂的上流社會了，那些有權有勢的大人物出高價請她去生日宴或週末狂歡會給大夥助興，人們就想要聽她親口說說那晚發生在她與休・格蘭之間的「那檔子事」。

她意識到自己的身價與從前是大大不同了，現在她在那類豪華夜宴上「現身說法」，每回起價是一萬美元，逾時還得再加價。有回紐約一位富豪請她去參加他兒子的成年派對，除了按價付費外，還得預先付清她頭等艙來回機票及四星大飯店食宿的全部費用。

她很快就證明了自己是個精明強悍的生意人，對錢有著驚人的胃口，要把命運從前虧欠她的一口氣全要回來。她從前販賣的是肉體，現在販賣的則是靈魂。她強調自己的貧賤出身，講父母喝醉時鬥嘴，會拿起酒瓶砸對方的頭，他們住的那個街區的孩子，知道「林肯」是種豪華房車，卻不知道那是美國第十六任總統的姓氏。講自己如何在未成年時就被一個自稱「演藝經紀人」的痞子拐離家門，先後跟這個或那個男人養下三個孩子，最後還是淪為好萊塢日落大道暗巷裡的流娼。為了延長人們對她的好奇心，故事總是在她碰上休・格蘭的高潮時被她腰斬了，「要知道細節，就去買本我寫的書。」

她早已把那晚與休・格蘭共度的那短短幾分鐘的全部內情，以十五萬美元的價格，賣給了英國發行量最大的饒舌小報《世界新聞》：

休・格蘭帶著三分酒意從一個電影宣傳酒會中出來，那當兒他是為了促銷他主演的新片《懷胎九月》，專程從倫敦飛到洛杉磯的。他醉，不止因為酒，也因為正處於自己演藝事業與人生的顛峯，他在銀幕上的一個笑容就可以使成千上萬的婦女為之神魂顛倒，被譽為時下歐美影壇「新儒生」第一人，片約不斷，片酬節節上漲。

可能有些得意忘形，也可能有些遊戲人生的傾向，他握著方向盤在燈影迷離的落日大道上緩速前進時，瞥見轉角裡那個黑女人俏麗的側面影，知道那是個在暗巷裡兜售自己肉體的流娼，便停下車子。事後他公開承認，他對黑女人一直存有綺想，多年來老希望有機會與她們中的某一個來上一手。

她鑽入他的車子裡面，離車子幾步開外，就是他主演的電影《懷胎九月》一人高的巨幅海報。但是車子裡的兩個人似乎都沒有注意到。

他身上只有四十塊現金，就夠讓她為他做「口腔」的服務。她告訴他，再加五十塊錢，就可以上她那兒去，「來全套的」。他告訴她，她很美，正是他夢想要的類型。她沒有認出他來，但是憑他的口音，知道他是個英國佬。幾分鐘後，警察就撲上來了，他們盯她盯了好長一段時間，總算在交易正進行著的當兒把她逮個正著。直到上了警察局時他才暴露了身份。自此狄凡・布朗這個飽受人生八方風雨摧折的無照妓女，搖身一變，成了個炙手可熱的大名人。

因為這個好窺淫愛扒糞的世界要買她的故事，她的故事也足夠荒唐突梯，是上乘的抽煙室裡的笑料，而且完全符合社會學家喬治・科恩所定義的「醜聞」：「一個功成名就的人士企圖掩飾的不法或不軌行為，結果卻反而暴露出來，從而改變了他在公眾心目中的形象，引起輿論的攻詰，便構成一件醜聞。」這是休・格蘭的醜聞，卻是狄凡・布朗這個灰姑娘的神話，美國新聞界為她冠上「全世界最有名的妓女」的稱號，背著這個外號，在那個名氣重於一切的國度裡，顯然不是一件壞事，她很快就發現她一夜之間暴得的聲名，簡直就是一張「偷錢的執照。」

她不斷接受報章雜誌的專訪，不斷上電視談話節目亮相，似乎對她自己所操的職業與成名的方式一點都沒有「情意結」，她還拍色情錄影帶、客串時裝模特兒，請「鬼」捉刀出自傳、在電視劇中「情商露臉」，並且已簽了合同，準備躍上大銀幕去演電影了。

但是她為美國乳製品業者拍的一個半公益性質的報紙平面廣告，卻被斥為澈頭澈尾的低級趣味，評論者認為，廣告商為了吸引公眾的注意力，不惜以醜聞主角為招徠，這種「結果會使過程合理化」的策略，本身就深帶江湖騙術的色彩，本身就是社會教化的負面教材。在那個呼籲美國人多多消費乳製品的廣告裡，她身著露背禮服，上唇還留著半圈牛奶的白沫，風塵味十足地斜睨著眼睛說：「幹我們這行的女人老是很饑渴，而且總來不及揩嘴巴。」

專家學人開始界說「狄凡・布朗現象」，從辛德麗拉乘坐南瓜變成的金馬車去赴夜宴的古典童話，到阻街女郎遇上億萬富豪的當代都會傳奇，都被拿來破譯她一夜之間名利雙收的奇特遭遇。甚至還有一說，當她是個會走路的「美國夢」，說她的「成功」，為刻下經濟疲軟，人人自危的美國社會打了一針強心劑，言下大有鼓勵同胞們「有為者亦若是」的意味。

唯一被激怒的是婦女解放運動的熱心份子，她們認為那個叫做狄凡・布朗的女人，既沒有深刻的內在覺醒，又未透過自身的任何努力，只不過是剛好「碰上」某個男人，而達到眼下名利雙收的局面，這絕非婦女輩之光，而是婦女輩之恥，不足取法。

不管如何，狄凡・布朗神話式的掘起，正反映了美國社會唯利是圖、唯名是尚的另一面，這個昔日由崇尚道德操守的清教徒為骨幹組成的國家，精神風貌的異化，實在已到了該敲警鐘的地步了。

假如麥子不死

又讀到有關更換人體「零件」的文字了，這不是科幻小說或電影裡的情節，而是醫學界在展望下一個世紀這門學科的前景。我們已經差不多過完這個世紀了，每迎接一個新年頭的到來，都向新的世紀跨近一大步，各行各業在這新舊交替的時節，無不紛紛回顧過去展望未來，預估自己在下一個世紀裡將會有怎樣的突破，醫學界也不例外。

在下一個世紀的頭二十年，根據醫學界的預估，人體的許多部位都可以替換，這些「零件」種類繁多，成色是塑料、鈦合金或不銹鋼，到時損傷的喉、頷、肩、膝、髖、肘和指節，都可以用人造材料來更替病變的組織，還可以把塑料製的瓣膜植入心臟。

在擁有可以消滅全體成員五十次以上的核子武器，自身卻不敵那類連細胞結構都不具備的病原體的人類眼中，醫學這門學科的動態，直接聯繫著全人類的福祉。我們中國人自古以來對人對己的善頌善禱，就不出「福祿壽考」的範圍，後頭這「壽考」兩字，就是活很久很久，當真撐持不下去時，也得來個壽終正寢，這是醫學始終居於「顯學」地位的基礎。我們可以這麼說，生是偶然，死是必然，中間是一段可長可短變數極大的過程，而醫學科技幾乎是我們掌握的唯一能減低其中變數的手段了。

事實上，生命的開始也就是死亡的開始，曾經看過一幅漫畫，一個孕婦橫躺在荒原上，在她如墳包般隆起的腹部上插著一支十字架。我還沒看過比這個更言簡意賅的人生解讀了。

渴盼從無時無處不在的疾病與死亡的威脅下解脫出來，這就是老子的「吾之所患」。然而這種生存本能自身就存在著矛盾，當它表現得越強烈時，生命就越接近朽壞與毀滅——年輕人看不起死亡，所以往往有輕率的冒險舉動，甚至在負氣時毫不猶豫地自戕，老年人自知命如懸絲，所以處處步步為營，時時謹小慎微。

更進一步的是永生的企待，這是人類最古老最不安份的願望，幾乎所有的神話與宗教都有肉體毀滅之後靈魂依然存在的說法，就連科學界也不排除永生的可能。美國著名生物學家和唯物主義哲學家K・拉蒙特，曾在所著《永生的幻想》一書中做出「並非所有的生命體都受死神的管轄」的宣告，他以變形蟲為例，指出在生物進化的初級階段並不存在死亡的威脅，單細胞生物大多數不知道有死亡，它們在來不及死亡時就已經分裂了，並且由一個生命變成兩個，分裂過程中並未留下屍體，「這種分裂活動可以無限制地進行下去，因而變形蟲是永生的。」

而脫離有機體的完整細胞組織，也有生命現象不中斷的表現，拉蒙特列舉了一個實驗，一個從小雞身上取下來的胚胎組織保存了三十四年後仍然健全地活著，這個實驗換上人體的胚胎組織，推斷至少可以有兩百年的壽命。事實上，自然界本身就有許多叫人驚奇的生命奇蹟，《史記》中有這樣的記載：有人曾用烏龜支持床腳，幾十年後人死床移，烏龜卻還活著。英國一所博物館裡，有兩隻蝸牛被牢固地黏在木板上當標本，整整四年不吃不喝卻安然無恙。巴黎郊區的採石工人從一百萬年前形成的石灰岩中挖出四隻活蛤蟆。墨西哥的一個石油礦中曾發現一隻青蛙，估計已休眠了兩百萬年之久，挖出兩天後才死亡。

這些發現與研究，在在鼓舞了人類尋求益壽延年的信心與決心，而醫學界將會研製出具有生命現象的人造器官，讓人類可以一再換下自身用壞用舊了的部位，生命將在人體內不斷更新的推測，又進一步支持了「肉體不朽」的臆想。

假設有一天，人類當真能夠以有生命的人造器官來更換身體裡的原有器官，甚至連大腦都可以汰舊換新，那麼他到底還存不存在？他的存在又具有怎樣的意義呢？雖然以目前的醫學水平來談這個問題，仍然屬於杞憂，但早在二十世紀初，這類問題就曾是無數學人的討論課題，直至六〇年代「電子機體」的提出，再度引發了一場曠日持久的倫理論戰。

所謂的「電子機體」，是指由電腦控制的有機體，人造器官賦予他們原來人類所沒有的能力與感覺，他們看得見紅外線與紫外線，能直接解讀無線電波與電視傳送訊號，可以不著太空衣而直接生活在太空中，透過不斷更換損壞的器官，他們可以活上幾千年。這種控制論烏托邦，是關於超人的古老幻想的一部分，但它似乎歷久彌新，阿諾史瓦辛格主演的《魔鬼終結者》，就是這種超乎人與機器人的科技怪胎，這大概也就是使得詩人E·E·康明思為之惴惴不安的 Human Unkind ——「人不人」或「人不仁」了。

「基因療法」的普遍施行，也被列為下一個世紀的醫技將會成就的重要項目。以往人們以為大部分的疾病都因病菌與病毒的感染而來，近年來的研究顯示，包括某些癌症、愛滋病、高血壓、糖尿病、老年痴呆症等近六千種疾病，都是由有缺陷的遺傳基因所引致，也就是說，遠在一個男人的精子和一個女人的卵子相結合的一剎那，就決定了這個未來的生命將要遭受哪些疾病的侵襲與摧殘，就是這個發現，使人類對疾病的概念與治療方法都起了革命性的變化。

在下個世紀的頭十年，一個人的醫療紀錄中，將會詳細記載他患各類疾病的可能性，這些數據都是根據他身上的遺傳基因推算出來的。如果一個人預先知道他有很高的機會罹患某種疾病，他就可以改變自己的生活習慣，並且經常接受檢驗，以便延遲或杜絕那種疾病的發作。

基因療法不吃藥、不打針、不動手術，它將具有遺傳缺陷的基因從人體中取出來，採用基因工程進行重新構建，再將它導入病人體內，經過改造的基因彷彿是個微型藥物工廠，它根據指令在人體內不斷產生出某種蛋白質藥物或酶，用以防止或治癒許多疑難雜症。

其實早在一九九○年就有了第一樁基因療法的成功案例，美國馬里蘭州一個四歲的女孩，接受靜脈注射，將自身經過改造的白血球再輸回體內，以健康的基因代替她從遺傳得來的有缺陷的腺苷酸脫氫酶，從而擺脫了一項遺傳性疾病的桎梏。目前基因療法也被援用到非遺傳性疾病的防治方面，被視為人類徹底戰勝疾病的曙光。

到底人能活多久，又該活多久呢？關於這個問題眾說紛云，最近看到一個比較具有說服力的數據，根據法國一位生理學家的研究，認為人的客觀壽限是他發育期的七倍——一個普通男子的發育期是二十五年，他的自然壽命便應該是一百七十五歲。然而世界上似乎從未存在享有如此高壽的人，為什麼？衰老，這是那位生理學家的答案，除了人體的細胞、組織、內臟、器官及其內環境的損傷外，人的中樞神經的受刺激與挫傷，也明顯導致人的早衰與死亡，也就是說，人的主觀精神對生命的增損起了重要作用。

而且人除了生的本能外，也存在著死的本能，近幾年歐美醫學界相繼提出有關人類釋放「死亡激素」的研究報告，而它就存在腦垂體裡面。腦垂體形狀如櫻桃般大小，重約零點五克，是人體內最重要的內分泌腺體，能分泌對生長發育、新陳代謝和性功能有益的大量激素，也有控制和調節人生命活動的功能。而最新的發現是，它同時也會釋放死亡激素，使得人體內的細胞通過甲狀腺素的功能減弱，導致代謝活動的功能降低。隨著年齡的增長，死亡激素的分泌量將一步步達到足夠阻止正常生命活動的程度，於是人就死亡。

但是要以切除腦垂體來中斷死亡激素的釋放是行不通的，因為這麼做雖然可以中止死亡激素的生成，但也將犧牲人體賴以生存的多種激素。醫學專家認為，最根本的辦法是弄清楚死亡激素的化學結構，和哪些因素可促使它增加、減少或停止分泌，再考慮以藥物、手術或其他手段來破壞或消除它。果真能達到這個目標的話，或者人類長保青春，大幅延長壽數的夢想便可實現了。

這一類對「青春永在，長生不老」的臆想，經常讓我在「假如」中懸空迴旋，雖然終究仍然得回到現實中原地邁步。假如人能活過百歲、千歲、萬歲，生命將會是怎樣一番新的光景？

我想，生命長度的無限增加，將會導致它的型態的徹底改變，因為人類向來是以「人生苦短」為認識基礎去構建他的生活內容的，一旦這個結構體的間架被抽離了，這種不再受衰老與死亡威脅的生命，將帶領人類跨入一種全新的生存領域。

時間的壓力解除了，疾病與死亡的恐懼消失了，因為青春的消逝而對心理與生理造成的可厭的改變也不復存在，原來快節奏的勞碌生活，將永遠成為過去，人們將從容大度地體驗、品味種種生之歡愉。人一旦不用跟時間賽跑，不用卯足全力去追求各種短程目標，人與人之間的競爭和排擠，將會大大地緩和下來。

由於不受時間的限制，任何人都可以在自己專擅的領域中精益求精，成為箇中真正的大師，每個人都可以「讀萬卷書，行萬里路」，都能就教於所有的聖賢碩彥，詩人佛洛斯特關於青春與智慧相結合的夢想終於可以獲得實踐。智慧與經驗的不斷累積，使得中下之智者也能有創見，對人類文明做出貢獻。

人們可以在不同的地方長住，可以跟自己所鍾情過的人分別共同生活一段時間，可以不斷更換職業，不斷從頭培養一門興趣或技能。他可以走遍天下，目睹一切，了解一切。

但是事情也可能朝反向發展。

因為沒有死亡的自然限制，生命完全失去了張力，人們在茫茫的時間之海中迷航，失去了前進的動力與刺激。正因為有時間可以去做一切事情，人們反倒什麼也不做，反正前頭有千萬年的時間等著我們，為什麼還要棲棲遑遑的去學習、體驗與創造呢？

年復一年不斷重覆的生活逐漸使人感到厭倦，回憶累積越多，對生活的新鮮感就越少。沒有了非到手不可的目標，人可能就在原地停滯不前。同一個人，可以與之無數次交往與絕裂，到頭來彼此可能感到無比的厭煩。每個男子都有機會跟所有的婦女相知相愛，每個婦女也有機會和所有的男子共譜戀曲，愛情一旦失去了排他性，可能變得可有可無，味同嚼蠟。

生活的枯躁無聊可能會使很多人終日打架滋事，由於沒有死亡來迫使人們自然分離，這可能會在所有人的心理上造成一種脅迫感。失去老、病、死的威脅後，人們將再也無從體會同情與憐憫這種「物傷其類」的情感，連利他傾向也會蕩然無存，甚至連對自己的親人也變得漠不關心。恨毒與殘忍之心從而大熾，因為不會造成他人的死亡，所以既不受法律的制裁，也不受良心的譴責。因為肉身不死，所以地獄之火與輪迴的終極果報也就不存在了，嘉德善行從此沒有了催生的力量。

因為肉身不死，所以人們不再企望透過立功、立言、立德來延長他的社會生命，不再企望透過科學與藝術創造來延長他的文化生命，也不再企望透過與異性結合以繁衍下一代來延長他的生物生命。生命永存，但是生命的光與熱卻熄滅了。

假如麥子不死——這我得好好考慮。

一九九六年三月十七日

原載《中央日報》副刊

瑪麗安事件引起的倫理論戰

十八歲的牙醫診所助理瑪麗安在下班開車回家的路上，因一時疏忽而撞上路旁一棵大樹，當救護人員抵達車禍現場時，她已昏迷不醒。在醫院的急診室裡，主司急救工作的大夫經臨床診斷，證明她在那場可怕的車禍之後已經死亡了，他們同時發現，那時她已受孕十四週。

醫院當局召開了一次緊急內部會議，決定給她腹中那個胎兒一個存活的機會。於是德國南方這所名不見經傳的醫院便特別為她成立了一個醫護中心和一個醫療工作小組，以人為的方式維持她的生命——一個功能複雜的維生系統代替了她的心臟和肺，醫生們不斷以靜脈注射的方式向她的身體輸入各種藥劑、激素和維生素。這人為的延續生命的種種手段，將堅持到胎兒能足月分娩為止。這是現代醫學又一次對自然法則的大膽挑戰。

臨床上被證明已經死亡的瑪麗安的預產期定在一九九三年三月，那自然是會以剖腹產的方式進行。在這之前，特別醫療小組的醫生和護士們可有得他們忙的，在那間消毒並隔離的病房中，胎兒每天要獲得三次營養的供給，那些輸入瑪麗安身體中的養料是用激素定量配製的；每個小時，護士們都得中斷瑪麗安的人工呼吸系統，以便抽出她呼吸道中的黏液；為了不使她的肌肉組織過早壞死腐爛，護士們還得輪番為她進行周身按摩。

為了彌補因母體的死亡而與胎兒中斷了的感情交流，護理隊伍被要求不斷地一面撫摸母體的腹部一面對胎兒講話，還得不時移動母體以創造胎兒運動的機會。病房裡並選擇各種悅耳的兒童歌曲。瑪麗安的母親也應院方的要求，每日定時到醫院去「陪伴」她和她腹中的胎兒。

這個事件在德國引起了強烈的反響和討論。人們試著從那個未出生的孩子的立場替他考慮，想像著當他獲悉他是從一具死屍身上生出時，將會受到怎樣強大的情感的震擊？特別是這個孩子將在一出生後就成為孤兒，因為他的父親在瑪麗安懷孕時就棄她而去了，他只能由外祖父母撫養，而他們曾堅決反對用維生系統這種人工的方法孕育一個僅四個月大的胎兒，據了解，他們後來的屈服與合作，是由於院方對他們施加了很大的感情壓力。

從死亡的母體中孕育出嬰兒來，德國少女瑪麗安並非是世界醫學史上的首例，荷蘭、英國、西班牙和美國都有前例，其中最知名的一樁是居住於美國紐約的少婦崔茜的案子，它被視為昌明的醫學創造人間福祉的範例——崔茜因意外事故導致腦內出血，被醫生判定「腦死」，當時她已懷有六個月身孕，醫生詢問她丈夫的意見，他毫不遲疑地選擇用人為的方式保住胎兒，結果醫生以一套維生系統延後了崔茜肉體的死亡，六個星期後，她在剖腹生產的手術下「誕生」了一個重四磅十一盎斯的健康男嬰，雖然這個名為雅各的男嬰只在母體內發育了七個半月，還差足月胎兒約兩個多月的子宮孕育期，但是出生後健康情況始終非常良好。就在瑪麗安事件引起歐美傳播媒體就倫理課題的熱烈討論時，小雅各才在紐約的家中歡度了他一週歲的生日。

小雅各的正常成長，為德國支持從死亡的母體中孕育出嬰兒的部分醫界人士提供了一個足堪鼓舞的例子，但是卻不足以壓下來自四面八方的反對聲浪，他們認為小雅各的例子單一而且極端。再說，小雅各在今年十一月初才滿一歲，一切的變化都難以逆料，以他為這類實驗的正面範例仍然言之過早。反對人士包括醫生、心理學家、社會學家與神學家，他們認為醫學的進步雖然值得慶幸，但是如果它從而扭曲了人倫的秩序，混亂了生與死的自然律，就不是該被鼓勵的事了。

最激烈的反對聲音來自宗教界，德國新教神學家克雷（他也是德國全國倫理委員會的委員）的態度最堅決，他說：「決定進行這個醫學實驗的醫生，大概是想讓自己的名字進入醫學教科書中吧，醫學界在婦產科方面表現出來的狂熱非常令人不安，他們不斷向人們宣告「試管嬰兒』、『機器嬰兒』誕生的喜訊，也許過段時間，他們又會宣告『人豬嬰兒』、『人牛嬰兒』的到來。延續生命和創造生命本身不該單獨成為醫學界努力的目標，他們同時更應該考慮那生命發生的動機與形式，尤其更應該著重那生命的倫理意義與價值。」他同時呼籲人們提防醫學技術進步所帶來的道德陷阱，指出在世界各國紛紛立法認可人工流產這種通過醫學之名施行的謀殺生命的手段時，義大利卻也出現了公開刊登廣告，聲稱可以幫助年過六十歲的老婦懷孕生子的婦科醫生，「名與利的競奪，經常把醫界導入歧途。」

德國的一些女議員和女權主義的奉行者也紛紛挺身出來反對該醫院醫生的行動，她們認為這樣做是把瑪麗安的身體當成機器使用，罔顧死者的尊嚴。她們當中的激進分子進一步指示，應當由全國倫理委員會出面禁止這項實驗，理由是有關的醫療小組完全忽視了胎兒在感情上的需求，雖然上述的醫療小組安排了一系列「母愛」的代替手段，然而她們相信沒有哪個嚴肅的醫生會認為這些手段可以代替母親和胎兒的情感交流。

在各界的反對聲浪一波未息一波又起的情況下，瑪麗安特別醫療工作小組中的護理人員，開始有了倦勤的表現，隨後又演成集體罷工，她們拒絕接近瑪麗安的屍體，理由是她們不相信在這種情況下誕生的孩子會是健康正常的，其中一位二十八歲的已婚護士對新聞界表示，如果她處在瑪麗安的位置，她不希望人們把施加在瑪麗安身上的那一套用在她身上，她說：

「我們應該讓那個可憐的女人身心都得到安息。」護理人員的不合作給院方帶來很多困擾，他們不得不以高價找些生手來代替她們的工作。

瑪麗安事件同時也引起法學界的激烈辯論，因為有關的法律條文至今仍然不存在。甫於今年六月份才被選入全國倫理委員會中的一位女內科大夫瓦雷夫人表示，制訂相關法律是當務之急，因為「法的真空狀態會助長醫界的濫權」。這一事件也引起某些政界人物的關心，認為解決這個問題是刻不容緩了。

一九九二年十二月十一日

原載《臺灣新生報》副刊

雄獅的尾巴

孩子上的幼兒園每回辦郊遊活動時，都要徵求家長當義工，協助老師照顧孩子們，我這個專職主婦一向有傳必到，以當義工之名乘機逃出城圈子，在清氣充塞的郊野暢快呼吸。最近幾次隨孩子們出遊，發現自願擔任義工的家長越來越多了，父母雙雙參與的情況也不少見，有回竟然出現家長人數壓過小學員人數的有趣場面，使得幼兒園森林公園裡的野餐活動，成了幾十個小家庭的聯歡會。

那初夏薰風裡大人與小孩在綠茵上一同嬉戲的場景很是動人，是描寫西歐這個健康、飽暖、好教養的福利國家不可缺少的畫境。可是一轉念，我的心驟然一沈，這個屬於正常上班日的早晨，眼前這些年富力盛的中生代的襯底背景，不該是森林公園的綠茵，而是工廠、辦公室或某個商號的櫃臺後面啊。於是我又想起了法國新科總統席哈克在五月十七日就職演說中，將之列為新政府最當務之急的失業問題。

失業大概是一種最悄無聲息的社會問題了，因為每一個當事人都躲回家裡咬緊牙根默默承受那腐蝕心靈的災厄，失業的人多了，社會的活力越少，表面就越發無波無浪，反應出來的只是一個越來越大的統計數字而已。

四月裡我少女時代的一個手帕交隨一個旅行團來法國玩了半個月後，脫隊到我巴黎近郊的家中小住，每日隨我接送小孩上下課，上菜場採買時鮮下鍋作料，到社區公園去放風，偶爾我們也會坐在露天咖啡座曬春日的太陽。她愛煞了法國，出門不論遠近，一定扛上錄影機，要把這個衣冠景然、彬彬有禮，連貧民聚集的社區也綠草如茵、百花競放的國度收錄到鏡頭裡，回臺北時放給家人看。當我告訴她，這昇平的景象後面正隱藏著重大的社會危機，光大巴黎一地便有一支超過百萬的失業大軍，有十幾萬人生活在貧困線下，每天有兩三千個無家可歸者被迫露宿街頭時，她一句「看不出來嘛」便帶過這個話題，臉上的表情告訴我她聽到的只是一連串無意義的數字，我突然想到，她這個從不斷需要引進外來勞力的臺灣來的人，當然不懂得什麼叫失業，什麼叫經濟蕭條。

由她的反應，我連帶想到，臺灣那麼個經濟活動地上、地下雙軌並存的社會，可能正因為它的無序，才反倒具有無限的彈性與活力罷？一個人丟了一份工作，在找到另一份工作之前，他可以去擺地攤、去開計程車、找朋友合夥開家餐廳或咖啡館，或接按件計酬的加工品回家把客廳變成工廠，他的收入可能反而比有一份正經差事時來得高，活動力可能比那些依然在朝九晚五的上班族更強。

但是在法國這個一切都在軌道上運行的國家，失了業無異於被拋出社會的常軌之外，丟掉了工作，就意味著失去社會人的身分，被剝奪了勞動權幾乎就等於被剝奪了生存權，因此報紙的社會新聞版上，在這些經濟衰退的年頭裡，不乏某個失業漢被逼上生活的絕路，先殺死妻小再自殺的消息。

無班可上的日子，時間沒有界碑，所以沈悶冗長令人氣惱。因為不用出門做人，所以刮鬍子理頭髮這些文明人端正儀容的程序全免，平白多出來的一大塊一大塊時間，就用來反覆盤詰自己，問自身做為一個人的價值，問生命的意義，而對這類問題的刨根究底，總是像剝洋蔥一樣，一層一層剝下去，到頭來終要發現裡頭空無一物。

為了逃避思考，就把目光轉向電視螢光幕，可是這最廉價的消遣也並不真正能叫人忘憂解悶。電視裡的人在唱歌在跳舞，在慶生在宴會，在度假在戀愛，可是那一切的繁華與他全不相干，他吃不起龍蝦喝不起香檳，坐不起遊艇乘不起噴射客機，度不起假也談不起戀愛，螢光幕裡的人生越多采多姿，就把他份下的日子反襯得越是黯淡無光。

靠救濟金過的日子可也不省心。在法國，領取失業救濟金是按工齡長短計算的，而工齡又是按小時計算的，如果在規定的期限內仍然找不到工作，失業救濟金就要按精確計算的百分比逐月遞減，一旦失去「失業救濟」資格，就只能靠少得可憐的「社會救濟」過活。為了證明自己的失業身分，從而繼續享有被救濟的資格，就得四處奔走，不斷發寄求職信函，接受面試，並且得接受任何工作，包括不適才不適志的差事，總之，得不斷提出「試圖就業未遂」的證明，才能保住被救濟的資格。

可是這裡頭存在著一種流沙式的陷阱，它就等在不遠處，準備一吋吋地把一個失業者完全吞噬掉。

是這樣的，當一個人的收入不足以繳付房租時，他就會被房東勒令遷出，一旦沒有了固定居所，就不可能被新僱主聘用，而想要再租房子住，就得提出從承租日倒算起前三個月的工資單，於是一環扣一環，一個人將可能永遠陷於無居所、無工作的永劫不復的泥淖裡，就這樣變成了一個被社會排斥的邊緣人。

這個邊緣世界有多大呢?根據統計，目前擁有五千多萬人口的法國，有一千兩百萬人靠國家救濟生活，其中有五百萬人處於僅及溫飽的赤貧狀態，全國有四十萬到五十萬無家可歸者。

這個越來越大的邊緣世界，對那個還在正常運行的社會，已造成一種具有脅迫性的壓力與負荷，這個道理很簡單，需要被救濟的人越多，就業的人數就越少，所需分攤的社會福利金佔薪津的比例就越高。雖然大多數人的生活水平都往下掉，但是企業的生產成本並未壓低，國際市場的競爭力更不可能提高。市場蕭條，企業開工不足，「經濟裁員」、「技術裁員」、「自願離職」、「提前退休」的種種威脅始終存在，社會上的貧困階級也在不斷擴大。這是一個沒有奇蹟的世界，上帝不會從天空降下麵包來。

而最大的危機卻是社會集體情緒的低落、信心的瓦解。巴黎北部一個叫魯拜的小城傳出一則叫人驚駭的消息，一個中年失業漢把自己囚在公寓裡，與親戚朋友街坊鄰居都不相聞問，困死家中十個月後，散發惡臭的腐屍仍然面對電視機歪坐在沙發椅裡，地上扔滿尚未拆閱的信件和電力公司的催繳單。他的死訊同幾個流浪漢在寒流來襲時一夜之間被凍斃街頭的消息一樣震動整個社會，但也很快就被淡忘，因為每個人家都有一本自己的哀樂帳，一部興衰史，精神上誰也沒有餘裕去過問他人的苦難。

其實在這個整體國力全世界排行第四，有「歐洲的穀倉」之稱的國家裡，並不短缺麵包，它面對的問題比單純的解決溫飽要複雜上很多。外子任職的那家跨國企業擁有兩百名研究人員的開發部門，兩年內裁去六十幾個工程師級雇員，有一位計算工程師在被解雇後的一個月內就跳樓自殺了，舊同事們不能理解何以他會那麼絕望，他有一戶已付清貸款的房子，南部家鄉有祖業可以繼承，手頭小有積蓄，而且剛從公司拿到一筆為數接近一年年薪的遣散金。

他的心理困境其實不難理解。翻騰得最高的浪頭落得最低，過去像他這類出身名牌理工學院的高科技人才，是法國社會的拔尖分子，捧的一向是金飯碗，如今年景不好，也難免失業的命運，就算願意降格以求，也不一定能再謀得一份差事，這種精神落差，大得連死亡都不足懼，是那些習慣在生活的逆水處打轉的人所不能想像的。

解決失業問題始終是政府的首要任務。減低利率。擴大需求。增收間接稅。或把一個工作機會拆成兩個的半工制。或直接把失業救濟金津貼給資方，減低企業薪資負擔，從而保留住原擬裁去的職位。

人們也在尋求自渡渡人的辦法。自發性地減少工時減低工資，是最普遍的做法。有些企業的員工自願放棄第十三個月的薪水（年終獎金），以維持原來的就業人數。還有些財政嚴重困難的企業，全體員工在領半薪的情況下，仍然是每週三十八小時的工時，以協助資方渡過難關。

但是這同時，工會依然在與資方的談判桌上，要求減少工時提高工資；慷慨的政府依然在補貼學童旅遊度假，提供人民免費溫泉療浴；懶得搭公車上醫院看門診的病人，依然動不動就敲電話喊救護車，而只要取得一紙心理醫生的證明，指出年老色衰有礙身心健康，愛漂亮的婦女們依然可以用公費去拉皮。

為此一個年薪十萬法郎的工人，老闆必須再為他付十五萬法郎的社會福利開支，這套體制逼得外國老闆不敢來投資，本國老闆紛紛遠走他國。一個法國成衣業鉅子一針見血地指出，他僱一個法國工人的錢，可以僱九個摩洛哥人，或二十五個泰國人，或三十五個中國人。

法國很美，很好住人，送一個孩子上大學，便宜過訂一份報紙，連貧民聚集的社區都要養大片綠茵與花圃，清潔婦可能是跳傘或騎術俱樂部的會員，孩子們一放假，政府就花錢把他們送到德國去學德語或送到阿爾卑斯山去滑雪。

可是每天中午下樓去開信箱時，看到一大堆青壯年歲的男人在公寓大樓門前等郵差送來失業救濟金或求職的面試通知時，我的心裡總要湧起一股不安的混濁暗流，哎，這個社會主義的模範國度，到底沒找到把鮮花摘到手，又不踩到雄獅尾巴的辦法呀。

一九九五年八月二十三日

原載《中國時報》人間副刊

流浪的面相

這個冬季上巴黎去，一回比一回看到更多的流浪漢，這種景況的出現是可預期的，歐洲遭逢了二次大戰以後最嚴重的一場經濟消退，失業率早已躍上三位數，光法國一地就有近三百五十萬人在鬧失業，這些人被拋離了生活的常軌，在退據失所的情況下，自然而然就走上街頭，成了個所謂的「無固定住所者」，再往前邁幾步，也就是個流浪漢了。

報載法國全境共有四十萬流浪漢，我相信他們當中大部分人都集中在巴黎一地。我曾在法國南部幾個城市小住過，在那些地方出門時難得看到一個流浪漢，就是目前我們住的這個巴黎遠郊的小城，也幾乎看不到他們的蹤影。往大城市走向來是流浪者的慣性，大隱隱於市，只有在一個人人漠不相干的大都會裡，他們的存在才不會太刺目，這跟一般人的理解不太一樣，流浪並不是一種彰顯、暴露自己的行為，相反的，它是一種逐步隱匿、消滅自己的過程，一個流浪人走入巴黎這樣一座近千萬人口的大城，就像一滴水滴入大海，馬上就被吞沒了，他甚至很快就會忘掉自己是何方人氏。

到了巴黎以後，他們要不了好久就會鑽入地下層去，寄生在地鐵的營運系統裡，因為地面下這個空間，不僅提供了一個溫暖明亮的棲身所，而且每天有大約三百萬乘客做為他們行乞的對象。他們歪躺在月臺兩端，在瞌睡中向虛空伸出一隻掌心向上的手，這樣一天下來，總會有二三十法郎落入他們手中，足夠他們抽菸喝酒和啃乾麵包了。

但是長遠來看，地鐵是個極壞的所在，「只比地獄高一層」，在這兒要比留在街頭沈淪得快，因為在地鐵裡很快就會喪失時間、晝夜、氣溫的概念，他們在人潮與時間的洪流裡游步，醒醒醉醉間照亮他們那方天地的永遠是頂上青寒的日光燈。他們的皮膚蒼白浮腫，指甲塞滿了汙垢，牙齒一顆顆脫落，頭髮一日日稀薄，由舊衣庫領來的過大或過小的衣服因油漬而泛著浮光。他們像動物般聚在一起，卻避免相互招呼，甚至避免目光的接觸。他們同而不和，所以彼此間沒有物傷其類的情感。

這幾乎是一條只進不出的不歸路。警察把他們成批趕出地鐵，帶到各種收容所去洗澡更衣，但是他們轉個身又會筆直朝地鐵站入口鑽，去賡續他們地面下的千古長夢。巴黎地鐵公司被迫想出種種辦法來對付他們，拆掉流浪漢聚集的一些站臺上的長木凳，代之以一張張分隔開來的單靠背鐵椅，有的還在座椅兩旁加上兩道傾斜的扶手，有一回我一踏入協和廣場那一站的站臺，就發現幾天前還在的舒適長木椅已被換成滾筒狀的長條凳，有些站幾十公尺長的站臺就零零散散立著三兩把椅子，這些措施都是為了把他們從地鐵站驅逐出去。

站臺沒地方睡了，他們就鑽入車廂裡，只要哪節車廂來了這麼一位不速之客，一車廂的乘客便會個個坐立不安，他們身上那股夾著菸燥酒氣、汗腥腳臭和五臟六腑排出來的穢氣的怪味兒，會像幽靈那樣附在同車人身上，在他們打開車門逃出去後，還陰魂不散地跟他一路回到家。

我怕的不止是他們的氣味，我還怕他們空無表情的臉，他們當中大部分人慢慢的就連一開頭對這個世界所抱的敵意也消失了。最常見的景象是，在樓梯轉角下一個蜷曲的身子，旁邊擺一塊硬紙板，上面寫著：「我很羞恥，但我餓」或「我願意幹任何工作，我需要五法郎活命」，我知道他已失去羞恥的能力，或馬上就要失去了，至於工作呢，那是徹頭徹尾騙人的把戲，我經常看到行色匆匆的旅客不小心一腳往他們身上踩，他們動都不動一下，這樣的反應可能因為太醉或太虛弱或太麻木，或三者全都是。不，他們是不可能再投身任何工作了。

在這個社會主義國家裡，大部分人私下信奉的還是社會達爾文主義，一個流浪漢在大多數人眼中，也就是一個在優勝劣敗的生存競爭中被淘汰掉的人渣而已，這種信念似乎有著大量事實在支撐，可是只要肯聽聽他們的故事，就會發現他們大部分是壞運道或惡劣環境的犧牲者，失業、破產、家庭破裂、工作意外傷害、重大的情感創傷……這些變故把他們推出生活常軌，下一步就是街頭，再下一步就是地下鐵的暗角。

在街頭與地下鐵之外，能有些什麼地方可以逃避自我隱遁與毀滅的厄運呢？有的，流浪者之間會彼此傳遞一些訊息，哪裡可以喝碗熱湯、吃頓飽飯，哪裡可以洗澡、領到舊衣服或睡上一夜。我曾參觀過一個因寒流來襲而臨時開放的留宿中心，那地方離城中區不遠，地址是一個伸手跟我要五法郎的流浪漢告訴我的。但是我被幾個荷槍的憲兵擋在一道通往地下室的鐵柵欄前面，他們告訴我那地方是不對外開放的，「這可不會增加共和國的榮耀。」他們其中一個這麼說。在臨去的一瞥裡，我看到在陰暗狹窄的地道裡，有幾個流浪漢正就著鋁飯盒喝湯。

是的，那絕非是共和國的榮耀。經常搭地鐵的人一定注意到了，為了維持巴黎這座花都的美好形象，每年旅遊季節前夕，地鐵公司會和警方合作，出動大量人力對地鐵裡的流浪漢來次「大清剿」，於是便有一小段時間，地鐵站裡看不到蜷曲的身子和寫著「我很羞恥，但我餓」的硬紙板。這期間他們都哪裡去了？據報載，全巴黎的流浪者留宿中心和收容所的床位加起來也不過數千個，不睡地鐵站他們只有餐風飲露去，巴黎的房子可沒有屋簷！

法國的社會工作人員把無固定住所者依他們游離常態生活的程度分為三級：路客、區客和流浪漢。因故流落異鄉，但身分證和工作證均未逾越法律有效期限，繼續領取失業救濟金或最低生活保障金的一群，是「路客」，他們通常會尋找一張「擺在屋子裡的床」，也就是留宿中心，也會嘗試再就業。「區客」大部分已失去社會救濟的資格，驗明身分的證件已逾期或遺失，這時他們會闖入無人居住的空屋以避風雨，開始乞討，偶爾會偷竊。等他們一頭鑽入地下層，長期棲身在某個地鐵站時，他們就成了不折不扣的流浪漢。

但是一個路客是很難再退回常態生活的，在人生的逆水處打轉久了，他的自信心和自尊心會逐漸瓦解，要不了好久他就會走向空屋或地鐵站。這兒就談到留宿中心這套人道措施的不人道之處。顧名思義，「留宿中心」所做的就是留宿工作，事實上也是僅僅如此而已，它在早晨七點半就將所有在裡頭過夜的人趕出門去，一直要到下午五點半才重新開門讓流浪人回去睡覺，而且流浪人無權在那兒寄存任何東西，每天離開留宿中心時，他們必須帶走全部家當，這無疑是往他們身上貼「無家可歸」的標籤。任何一個人，一旦開始投靠留宿中心，他就會被逼成一個街頭遊蕩者。

但是一個連咖啡館和電影院都上不起的人，在一個人人各居其位各司其職的正當運行的世界裡，如何打發他的漫漫長日呢?他不能停留在任何地方,只要他在一個地方待上十分鐘,就得承受人們充滿懷疑和敵意的眼光，就可能受到警察盤查、驅趕，其他的流浪人也可能乘機偷走搶走他身上的錢與證件——對他們來說，沒有了證件就是完蛋的第一步，因為一旦失去身分證件，就連留宿中心這類地方也住不進去了。

沒有目的地，卻被迫不停地往前走，這就是無固定住所者的生活形態。遊蕩是一件很累人的事，它大幅侵蝕精神消耗體力，是一段又一段以虛無始又以虛無終的旅程。巴黎《解放報》一位記者長時間觀察並紀錄一個無固定住所者的作息，發現他日復一日像一座鐘那樣精確、機械地重複同一套動作：

早晨七點半被趕出留宿中心後，他便筆直走向附近一個地鐵站。為了不讓人一眼看出他是個無家可歸者，他手上不提任何旅行袋，因此只好把所有的衣服都穿在身上，衣服口袋裡則塞滿各種零碎物件。八點左右他坐地鐵到了里昂火車站，在鐵路職工專用的自動咖啡販售機買一杯咖啡當早餐，這省了他一塊半法郎。在那兒待到九點半，他便再出發去搭地鐵，在塞納河兩岸來回打發時間。等到中午十二點維萊特科學城的圖書館開門後，他便可以進去裡面待到下午四、五點，中間他會去附近一家超級市場用八法郎買一包三十塊裝的巧克力餅乾當午餐，它所提供的熱量可以讓他的體力維持到黃昏。為了保住自己在留宿中心的床位，他總是提早在它開門前半小時趕回去。

他每週一次到一個自助洗衣店清洗身上的衣服。每個月初，他會去郵局提領當月的最低生活保障金，巴黎市每個區只有一個郵局承辦這種業務，因此每回他都得和一大堆和他處境相同的人排上半天隊去領出那筆現金。

他已在那個留宿中心住了一年多時間，一開始他也試著找工作，可是每每在僱主問他要地址和電話號碼以便連絡時，他便退縮了，留宿中心不許他們在那兒收發信件與電話，再說，只要他一報出留宿中心的名字，恐怕連已到手的工作都會再丟掉，誰會雇用一個連家都沒有的人呢？而且住在留宿中心內，每天最晚也得在六點十五分以前趕回去，遲到了便會受到一個月內被拒於門外的懲罰，為了保住這個最後的棲身所，任誰也不會為一份不一定幹得上手的工作而冒險。

法文裡的流浪漢 Clochard 和鐘 Cloche 來自同一字源，教過我法文的一位法國朋友如此解釋流浪漢這個詞：「一個像鐘擺那樣在預定的時間和軌道裡來回擺盪的人。」這樣的註解大大牴觸我文學性的想像，我一直以為流浪漢是那類循性而動的自由人，他們因為無法忍受舊有的表面化了的秩序，才不惜以安定、飽暖為代價，從尋常生活裡突圍出去，以實踐真正的「我能」與「我在」。

我又記起來了，我青春期階段的英雄是田納西・威廉斯《玻璃動物園》那部劇作中的倉庫管理員湯姆，他每每看見自己泊在牆角的鞋子就對生活大大不滿起來，鞋子不該是靜物，它是做來讓人走天涯用的！為了滿足他漂蕩與冒險的慾望，他工餘的全部時間都用來泡電影院，因為銀幕裡的人個個是偉大的獵手、情人、鬥士！後來他終於扔掉他那份倉庫管理員的生活，搭一條遠洋貨輪出海去了，「城市像秋天的落葉從我足踝飄過」，他豎起衣領，推開一扇酒吧的門，點燃一根菸，喝下一口酒，嘆了一口氣，在某個異鄉人的城市中的某個角落想念遠方的家鄉，是的，「家不該是供人住，而是供人想念的地方。」

看多了流浪者的面相後，我和那位長期觀察他們的《解放報》記者有了同樣的結論：「那種生活比我所知道的任何職業都更累人，而且沒有希望，更談不上自由。」我想我應該是幸福的，因為我始終都住在自己的家裡。

一九九四年二月十八日

原載《聯合報》副刊

貼身的牢獄

最近聽到一個妙論，說對一個女人的身材起決定性作用的，不是她吃的食物，而是她穿的衣服——職業婦女身上的素面窄裙加細跟高跟鞋，迫使她整日縮腹挺胸，連大口呼吸都算奢侈，上了餐桌，斷不可能據案大嚼，她的胃被裙腰緊緊勒住，是通不過多少食物的，為了維持公眾形象，諒她也無膽鬆了那身企業戰士的盔甲大快朵頤；游閒少女窄腿繃臀的伸縮牛仔褲，也不宜努力加餐飯，多吃一口中圍就會漫過褲腰，「竹雞仔」就飛不起來了。

這個說法可能非常接近事實，我腦中立即瞥見阿拉伯婦女身上飄飄落地的袍子。成年的阿拉伯婦女，身材個個橫向發展，我每回進城時，要經過一個來自北非摩洛哥、突尼西亞、阿爾及利亞三國的馬格里布人的社區，看到成群包頭巾穿長袍的阿拉的女徒眾聚在一起話家常，便會聯想到一群腆著肥肚腩擠在一起曬太陽的企鵝，那一襲襲披瀉到足踝的袍子，消滅了她們身上刺目的丘壑塊壘，把她們的身材簡約成一種優美的紡錘體，使她們之間僅餘小胖、中胖、大胖的區別，女人因為妍媸之不同，一出娘胎就有高低之分，阿拉伯婦女身上千篇一律的頭巾袍子，倒是人為地拉近了她們之間天然的等級。

這樣的衣著，禁絕了所有大幅度的動作，穿著它，既不能跑也不能跳，碰上再小的障礙物，都得繞道而行，就連走路也得施施然為之，它告示他人暗示自己：我是個被剝削了行動能力的人，我不是個自由的個體。唯一保留下來的是撐開肚皮吃飯及囤積脂肪的自由，肉體既然不能表彰，它的美化就不具意義，文明社會的女子之所以甘心經年性地讓自己處於半飢餓狀態，以求得窈窕身段，是因為隨後透過公然展示它，可以獲得誇示同性及誘惑異性的雙料快樂。阿拉伯女人沒有這種動機。

當然，阿拉伯婦女之所以胖得肆無忌憚，與她們社會傳統的審美觀大有關係，在這些回教徒眼中，肥就是美，體型豐碩的女子特別受到鍾愛，因為肥人好生養。巴格達狂人薩達姆・海珊最崇拜的女明星是美國「肥婆」羅珊娜，據說伊拉克駐華盛頓大使館工作人員的例行公事之一，是替他錄下羅珊娜主演的電視劇，再將錄影帶火速空運巴格達。這種以肥為美的風尚，似乎遍及從大西洋邊陲的摩洛哥、茅利塔尼亞，到臨地中海的突尼西亞、阿爾及利亞、利比亞、埃及、黎巴嫩、敘利亞，及阿拉伯半島上的約旦、伊拉克、科威特、巴林、卡達、阿拉伯聯合大公國、阿曼、葉門、沙烏地阿拉伯，乃迄非洲東北的蘇丹、索馬利亞、吉布地等幅員跨亞非兩洲，扼兩洋樞紐的阿拉伯世界。中東的肚皮舞孃，個個一身狂嚣的女人肉，據說也唯有如此才入得了行，這是一例。

就連阿拉伯人的鄰居兼宿敵猶太人也偏愛楊貴妃型的美女，美語中有個常見的猶太字Zaftig，是個形容詞，指的是一種豐腴的體態，原義是「多汁的」，有如成熟的桃李，美國一些娛樂雜誌提到那個大胸脯鄉村歌后桃麗芭頓，就經常用這個字代替她的名字來稱呼她。

寬大的袍子，既隔熱又通風，在沙揚土飛、酷陽炙人的沙漠，是因應天候發展出來的特殊裝束。不久前讀到一段文字，魏晉時代的士大夫階層，由於空茫徘徊苦惱，服用「五石散」，皮肉發燙，為了免於皮膚被衣服擦傷，非穿寬大的袍子不可，看古人的畫稿，很覺那輕裘緩帶的晉人獨有一股高逸之氣，原來那是吃藥的緣故！當時的名士都吃藥，穿的衣服都寬大，有了這些時裝帶步人在上頭起示範作用，市井也跟著效顰，也都紛紛衣帶漸寬起來。這多少解釋了在有慑人高溫的沙漠地帶卻人人衣冠儼然的現象，一位曾在沙烏地阿拉伯工作的朋友說，在沙漠的烈陽下，衣服穿得少就會被陽光灼傷，被灼傷的皮膚跟衣服一摩擦，渾身刺癢難忍，一抓可能就抓掉一層皮，所以外來人在那兒住上一段時間，衣著上也就懂得入境問俗了。

這穿衣原則，同時也是宗教訓諭的一部分，而且男女通用。「肉」不宜露，但也不宜用紡織品把它裹得太緊，換句話說，肉的「顏色」不能曝光，就連「形狀」也得諱匿，女人只露雙眼，男人能露的也只有臉孔和雙掌而已，甚至連「風紀扣」都得扣上，把脖根密密實實包藏起來。

這教人不識廬山真面目的裝束，想必出自「男女分隔」的教規。我曾在紅海邊的吉達有回短暫的停留，見識到正宗回教徒嚴男女之大防的種種怪現象，四星級觀光大飯店明文規定游泳池男女游泳時間得錯開來，內急時在一樓大廳到處找女廁，發現了裝潢豪華流麗兩扇大門對掩的男廁，卻怎麼也找不到女士的方便之所，後來經工作人員指點，才在廚房後頭找到單人牢房也似的女廁，也就是聊備一格，因為飯店不雇用女職員，女性旅客也很少到這個處處清規戒律的男性世界來。

禁止男女混雜最有效的辦法，莫過於把女人軟禁起來，看沙烏地阿拉伯女人身上一重又一重的黑頭罩黑長袍，感覺她們那一身裝束就是一座貼身的牢獄。當然不許開車，記得海灣戰爭初起時，從報紙上看到一則趣聞，就在布希夫婦飛抵吉達訪問前幾天，有近百名當地婦女上街示威遊行，要求政府立法批准女人開車，這些革命女性為了不觸逆鱗犯禁忌，不提是為了張女權爭平等，卻煞費苦心找了個能入保守主義分子之耳的理由，說是波斯灣戰火一觸即發，家中男人可能隨時被抽調上戰場，逃難時女人不會開車，就無法保護家中老小云云，再說，平日讓非親非故的職業司機開車接送她們，孤男寡女同置一車，也牴觸了「男女分隔」的教規。

換上我，我寧可爭取先脫掉身上那襲袍子的自由，因為見識過阿拉伯婦女長袍裹身、頭巾遮臉的大不便，知道就算在她們腳下接上四個輪子，帶著那一身鞍韉、轡頭和韁繩，她們終究什麼地方也去不了的。那回是在巴黎一位婦產科大夫的診所裡，只見那個馬格里布婦女展開一大幅方型綢質白布，兩手各執一角往自己頭上罩，上方遮到前額，隨後將白綢布的兩角分別往對面的胳肢窩裡塞，然後用力挾住，騰出雙手後，俯身將一邊的下襬往上挽，將它的邊角掖在腰圍外，另一手將嘴旁的白綢布提起來遮住鼻子以下的臉孔，那隻手如果需要騰出來做事，則用牙齒咬住布邊，以維持臉部永遠只露出兩只眼睛的規矩。

這種裝束從裁剪到著裝都非常簡單，但要讓它在身上各就各位卻很費勁兒：一隻手要隨時隨地挽著下襬，以免它跌落地面妨礙行動，另一隻手就算不用提著遮臉的頭巾（就假設這差事暫時由牙齒代勞），也辦不了什麼大事，因為兩個胳肢窩始終得緊緊挾住長袍的兩翼！

這種變形蟲也似的衣服還有個壞處，天涼的時候沒法子在它上頭加任何禦寒的衣物，這一點對世居沙漠或莽原地帶的阿拉伯人大約不成問題，卻苦了他們那些移居到寒帶國家的堂姊妹表姊妹們，難怪時序一入冬，我便難得見到那些有著紡錘體身材的芳鄰們，偶爾見一兩個抓件呢大氅往那匹闊綽的綢布上一披，冒風寒出門接送孩子或上菜場買把蔥，便成了一條街那抹最突兀的風景，想必她們在面對如何調配那一身傳統服裝與外頭那個文明社會的衣冠履帶時，也時時有無規可循卻有不可犯之條的困窘罷。

被禁錮在如此一座貼身的牢獄裡，非但屈抑了意志，也毀損了健康，法國一項針對境內馬格里布婦女所做的健康研究指出，這個族裔由於終其一生缺乏適量的運動，心臟病及骨質疏鬆症都比其他族群來得更早也更頻，她們中老年後，發生骨折的機會三倍於法國婦女。以前看到法國中學把堅持戴頭巾穿長袍去上學的馬格里布女學生開除掉的報導，覺得法國權威當局太不尊重少數族裔，後來弄通了原委後，也只有搖頭歎息的份，她們因為那身裝束礙手礙腳，所以拒絕參與體育課及所有課外活動，她們己身所出的社會不讓她們脫下那套衣服，法國教育部也不會為她們建立另外一套校規，她們也就不得不接受失學的命運了。

再過幾個世代，那身衣服大概也仍然脫不下來的罷？我悲哀地想，那是神權君權父權夫權共同織就的天羅地網，它代表了「貞」與「順」這兩種最重要的婦德，一巾一袍在身，就保證了一個女人會守獨懷貞以終天年，她那水般的骨肉與意志，盛在陶罐裡便隨了陶罐，潑到地上便應了日月風霜，自由與權力的概念恐怕連作夢時都不曾有過。

一九九五年十二月二十八日

原載《聯合報》副刊

美國《世界日報》轉載

英國廚子

我們在英國小住時，請一位當地的朋友推薦幾樣美味的英國菜讓我們嘗嘗，他搔了半天頭，仍然沒有個主意，「呃，你們知道，英國人是以吃得壞著稱於世的。」

我們確實知道。英國人的吃得壞，早就是一種普通常識了，關於人間地獄的種種相，歐洲人的看法大同小異，不外是娶個美國太太呀領西班牙薪水呀在瑞典上稅呀之類的，但是不管哪個版本，總少不了「雇個英國廚子」這一項。

在英國待久了，我終於得出一個結論，英國食物之壞，首先在於單調少變化，我懷疑英國人出食譜，會因頁數太少而湊不成一本書，光一樣「炸魚薯條」的傳統小吃，就可以讓他們在全英國開上九千多家專賣店，便可想而知了，這條街看不到 Fish & Chips 的招牌，下一條街保證找到，有些裝潢考究，還有專人領檯，有些舖面就兩塊豆腐干大小，只做外賣，把剛剛炸熟的魚塊和薯條用一張白紙裹著，撒一點鹽和香醋，讓人抓在手上邊走邊吃。

這英國人的「圖騰吃」其實學問並不大，也就是以新鮮的鱸魚切成魚柳條裹上蛋與麵粉下油鍋酥炸，當正餐吃時通常蘸檸檬汁佐以白葡萄酒了得，可英國人卻對它溫情脈脈，當漢堡包與炸雞為主流的速食時代，唯一足以與之抗衡的英式快餐，而且還把它提升到民族救星的高度，就在我停留英國期間，看到一本婦女雜誌引述了蘭開斯特大學一位社會學家的意見，說炸魚薯條除了美味可口外，也為成千上萬移民帶來就業機會，在經濟嚴重衰退的時期，社會從而不致出現饑饉與暴動，這種小食甚至還是英國在兩次世界大戰中取勝的一個不可忽視的因素，因為它在物力維艱的年頭，為英國人提供了足夠的熱量與勇氣。

這炸魚薯條使我想起了比利時人的「淡菜薯條」。淡菜是種非常廉俗的貝類海鮮，住在美國的中國人叫它黑金寶，比利時人把上帝分配給他們的份額吃光了後，還要成群結隊跑到法國來吃，比利時人到海外開餐館，也就只賣這道菜，這在我看來簡直是一招半式走江湖，可竟然還行得通！巴黎香榭里榭大道上就有這麼家淡菜薯條的專門餐館，生意做得十分興旺，前不久不知道第幾家分店開張時，還在巴黎大街小巷廣而告之，大言不慚地喊：「吃比利時菜比吃中國菜更富異國情調」，我坐在一班行駛中的地鐵，對那幅大約有兩公尺高的巨幅海報撇嘴，坐我對面一位法國女士跟我會心一笑，說：「妳有道理。」

炸魚很油膩，害怕發胖的英國人總是把麵粉酥皮用刀叉剝掉，只吃裡面的魚肉，可是卻把同樣油膩同樣叫人發胖的小山也似的一堆薯條統統掃進肚子裡。歐洲人大量消耗馬鈴薯，在他們食道的迷宮裡塞滿了這種使人快高長大的澱粉質，其中又以愛爾蘭人與英國人為甚，幾乎日日不能無此君，一人一年平均要耗掉一百多公斤。英國的馬鈴薯有一百二十幾個品種，吃法更是花樣繁多，最考究的煮法是滾刀切後煮熟，淋上滾燙的豬油，再放入烤箱內以大火烤成金黃；身價最俏的是粉紅樅蘋種，帶皮煮熟，吃的時候塗上奶油調味，這種馬鈴薯物稀為貴，節儉的英國人總是連皮帶肉吃進肚子裡。

英國餐桌上另一種常見的食物是烤豆子，這種豆子法國人稱之為「蘇格蘭豆」，臺灣人叫它「敏豆」，用糖醃製成小兒零食就成了「甘納豆」。帶著番茄風味濃汁的烤豆子，英國人一日三餐都吃，就像中國的南方人吃米飯一樣，它營養美味，老少咸宜，只是看起來和嚐起來都不覺得是烤過的，不知為何以「烤」名之。

他們大約把馬鈴薯和蘇格蘭豆都當成蔬菜，餐桌上有了這兩樣東西，也就不見其他蔬菜了。我這個中國人是把所有的薯所有的豆都當成五穀雜糧看待的，在我的字典裡，「菜」的定義是「綠色的連梗帶葉的」，餐桌上不見這類東西，我心裡就暗暗起恐慌，怕我的胃腸馬上要鬧罷工，在英國連著幾天沒有吃到帶葉綠色蔬菜，開始有些惶惶然，想到法國的麥當勞快餐店供應有生菜沙拉，猜想倫敦的連鎖分號也少不了，便奔了去，結果也竟失望了，英國人還硬是不吃「菜」！

大量消耗澱粉質之外，英國人也大塊吃肉，有云羅馬不是一天造成的，信哉斯言，英國人個個長得巍巍然，想必與他們的飲食習慣有關，唯一一道享有國際聲譽的英國菜「烤牛肉」，選用的肉塊往往重達五六公斤！他們不像咱們中國人那樣，事先用酒、醬油和各種香料醃製肉品，而是直接把一整塊帶骨的牛肉放入烤箱中，先以大火把表層烤成金黃色，再以中火將之慢慢烤熟，烤出來的牛肉外層香酥焦黃，一刀切開來卻仍然鮮血淋漓。跟烤牛肉搭配著吃的通常是馬鈴薯與約克布丁，約克布丁以雞蛋、牛奶、麵粉和鹽為材料，有些類似鹹蛋塔，和牛肉、馬鈴薯一樣，都是催人長膘的「歐羅肥」食物，卻是英國最典型的正式餐點，也難怪英國家家藥房的玻璃櫥窗裡，都懸著「Slim Fast」這類減肥藥的促銷海報了。

我嘗過的最美味的一道英國菜「牛肉暖派」，卻是在一家小酒館吃到的，這種叫 Fluffy Cornbeef and Pickles Pie Cobbler 的下酒菜，是把搗碎的燉牛肉和洋蔥、馬鈴薯、洋菇、酸黃瓜，澆上牛骨汁，置於鍋中燴成泥狀，再一層層蓋上酥皮進烤箱烘烤，上桌後以湯匙連酥皮帶肉餡一起舀起來吃，口感美極。雖說是下酒小菜，但是分量卻很足，所以很多英國人下班後，便直接上酒館去，把療饑和買醉兩件事兒一併解決了。

請我們上小酒館喝酒的英國朋友史都華提到，這類動輒有百年歷史的小酒館，正逐漸被英國兩大啤酒廠商所控制的連鎖酒吧所取代，那些大老闆逐一買下財務有困難的老店號，掛上一些令人匪夷所思的新招牌：「Q先生」、「老鼠與鸚鵡」、「鼻涕蟲與生菜」，以千篇一律的塑料複製品來取代傳統老店的個性空間，同時配備了錄影屏幕、自動點唱機和臺球桌，來吸引愛標新立異的年輕人，傳統的下酒菜牛肉暖派和炸魚薯條，也被熱狗和鮪魚三明治所取代。

這是傳統的式微，就連執拗、懷舊的英國人也難敵時代的狂瀾，事實上，從愛丁堡到普利茅斯，大部分的藥房、書局、成衣店都在強大的財團的控制下，呈現出統一的面貌。我也分享了英國朋友的憂慮，害怕下一回再到英國時，會找不到那種可以一邊喝五品脫啤酒、吃牛肉暖派，一邊聽鄰桌的英國人談論剛剛結束的板球比賽與王室成員種種風流軼事的老酒館。

話題轉到英國食物的缺乏變化時，在座另一位在巴黎修習經濟人類學的英國朋友達夫突然充滿護短心理，「其實英國人並不是一開始就吃得那麼壞的，我們羅馬不列顛時代的祖先就吃得很好。」我吃吃地笑，那是紀元剛開始時的事兒了，離現在足足有兩千年哪。「享世和熱愛美食的羅馬人教會了不列顛人烹調術，可是羅馬人一走，不列顛人做菜的水準立即大幅下降，一般人只求大塊吃肉，倒不在乎那肉的味道如何。」

崇尚美食風氣的回潮，足足隔了一千多年的時間。十字軍東征後，帶回很多入饌的香料，使得英國中古世紀的烹調以濃烈的香味為基調。到了都鐸王朝，伊莉莎白女王時代，英國成了海上霸權國家，冒險家與商人從全世界各地帶回很多珍饈與烹調方法，雅好美食之風大長，連市民階層也爭相以餐桌上豐富的食物來炫耀自己的世面。

十七世紀中葉之後，清教思想成為當時英國社會的精神主導，嚴格的清規戒律使得豪宴美食成了墮落的象徵，人們僅僅為了活命而吃。工業革命一起，婦女紛紛外出就業，家中少了全職廚子，送入口中的東西也就不能太過講究了，「直到現在，英國人在倫敦塔的『女王餐廳』，和黛安娜的倫敦故居『斯賓塞之家』及隔壁的『橋水之家』辦的國宴，端上桌的還往往是法國菜或義大利菜。」

達夫追溯完了英國的烹調史之後，話鋒一轉，攻擊起他的拉丁鄰人來了，「那些法國人和義大利人就只懂得吃！如果我在巴黎或羅馬或其他什麼地方看到一個造得比較典雅的花園，人們總是說，那是座英國花園。」

我點頭稱是。自然我是不贊同他那種要把庭園造得美就必須先吃得壞的論調的，不過說實話，我們在英國時之所以參觀了那麼多花園，還得感謝無數不知名的英國廚子，那些時間都是他們給省下來的哩。

一九九五年九月二十四日

原載《中國時報》人間副刊

一個目擊事故之忠實紀錄

我繳了十五個法郎的入場費。

整個展覽場就是一部大型旅行車，它被搭建成一所房子的模樣，正面包含入口處的大牆上，是巨幅俗麗的廣告畫看板，繪著一顆如幽浮般飄在無垠無際的太虛中的少女的頭，那顆頭秀髮如雲，星眸微閉，大概是哪個不知名的畫匠從那類少女們喜歡收集的粉紅色卡片上抄來的圖案。比較吸引人的是畫下的文字，最醒目的一行是「不完整的少女」，字體稍稍縮小一號，寫的是：「歡迎醫學界從業人員及醫學院學生免費入場參觀研究」，再下面必須逼近了才看得清楚的是比較完整的介紹，「她來自伊朗，今年十八歲。生來沒有軀幹，僅靠輸入營養液維生。她那張悅人的臉蛋，會使人忘掉她悲慘的命運。她能流利地講話。」

我經常樂意上些小當，假如那詭計玩得夠高明的話。還有一點我不得不承認，我對自己的好奇心向來缺乏節制的能力，這在我一些好教養的朋友眼中，是一種德性上的缺陷，他們認為只有那些最不文明的人才會伸長頸子到處追獵那類邪異的事兒。「不完整的少女，」我覆誦看板上的招牌廣告詞，問同行的克利女士，「妳相信這是真的嗎？」

我先生一直推著嬰兒車跟在我們後面，他發現我的好奇心又發作了，急忙把我推著往前走，我硬是不依，我非進去看看這些吉普賽人能玩出什麼嚇人的把戲來不可！

場內空間很小，本來也就只是一部大型旅行車而已。我一腳跨入的同時，就看到那顆預期中的少女的頭。她（「它」？）被放置在一張為三面牆所圍著的大桌子上，那張大桌子有四隻腳，桌面的厚度大約十公分，只比一盒普通面紙厚一點點，桌面之下空蕩蕩的，可以看到那張靛色的地氈與牆接合的部位露出來的線頭。

我面前擠著五、六個人，為了更清楚地瞧見「⿰女它」（這是我自撰的第三人稱代名詞），我發揮出野蠻人的本色來，硬是擠到那些圍住那張桌子的人中間，在伸長了手臂就碰觸得到的距離觀察「⿰女它」。

「⿰女它」有一頭養護得很好的豐盛的栗色的頭髮，那頭髮如果長在一個正常的少女頭上，長度大約足以垂到腰際，那髮色是法國人認為最為純正的栗色，迎光時會微閃橘紅。臉部的膚色也極美，細緻潔淨得近乎透明，法文裡常用 Lumineuse 這樣一個形容詞來描述那樣的膚色。我忘了眼珠的色調了，只記得眉毛和眼睫毛都被修飾過，似乎也染著介於藍與綠之間的眼影，至於眼神呢，我並沒有忘掉，只是不知如何正確地加以界說，也許「視而不見，空無所有」勉強有些接近吧？那雙眼睛也回看著我們這些花錢刻意找刺激的人，但是那神氣，好像看到的只是一排樹，或立在那兒的無關緊要的一堵牆。

「怎麼回事啊她，她就這樣光禿禿一顆頭活著呀！」有一位先生說話了，用的是疑問句式，但發出的卻是感歎句的語調，「老天慈悲！」

大桌子邊站著的那個留短髮的中年婦女回答道：「她生來如此，C'est la vie。」後頭那句法文的意思是，這就是人生啊，也是一個感歎句。我猜想那婦人守在那兒的作用，是免於那顆孤伶伶的頭被觸摸、戲耍、被移離原位，甚至被藏匿好偷偷帶走。

「說說看，沒有心臟，她怎麼活下去的！」另外一位圍觀的先生接著問，這下我才注意到我是入場參觀的人裡唯一的女性。

那婦人指著掛在大桌子左面牆上那個正在輸送中的點滴瓶，用一種極力耐著性子的口氣答：「就靠那個。」

「外面寫著她能說話，妳叫她說說話呀。」

那婦人不再麻煩自己去回答問題，只是把原來握在手裡的一個麥克風放到桌面靠近那顆頭的唇邊的地方，然後打開麥克風的開關。

是一種十分戲劇性的顫音，一字一句拖得很長，尾音往往近似哭泣，但始終也只是顫抖而已。我望著「蛇」蠕動的唇，終於聽出來她是在自報家門，關於伊朗的出生地，關於童年，和關於巡迴展覽的種種，平鋪直敘地道出十八個寒暑的生活梗概。

就在「蛇」的故事行進的當兒，有位高中生模樣的男孩子，出奇不意地將身子一矮，從隔著大桌子與觀眾之間一條繫著紅絲帶的纜繩下面鑽過去，鑽到大桌子下面，一面伸出雙手，在大桌子下面胡亂地摸了一陣，接著興奮地嚷出來：「這下面什麼都沒有！真的什麼都沒有！」當他爬出來時，不知道是因為興奮還是尷尬，他整張臉赤紅著，對在場的其他人露齒一笑後，頭也不回地跑出去了。

我跟著走出去，外面一陣西歐仲夏夜的涼風迎面吹過來，我不由得用雙手緊緊地把自己鎖住。

克利女士一眼瞧見了我，趨前問：「怎麼樣？妳這好奇的小傢伙？」

我張開嘴巴，竟無法吐出半個字來。在剛剛過去的十分鐘裡，我經驗了我這半生最令人懼怖、困惑與苦痛的一樁邪異的事兒，它已成了心中最沉重的積澱。怎樣乖謬不祥的生命形式，怎樣令人難堪、不忍的營生手段，「蛇」在那兒呼吸著、觀看著、存活著，然而僅僅只用正常人七分之一的長度。我的淚水燙著臉頰，我感到極端的孤單與悲哀，那情緒瞬間擊垮了我。我破泣出聲，在燈火輝煌的夜間遊樂場的人潮中拖著腳步茫然前行，終於因為胃部的一陣強烈的痙攣而止步，抱著自己的腹部退到路旁乾嘔起來。

我先生惶惑地望著我，他知道我並不特別的膽小與脆弱，他大約想了解使得我如此受震擊的是怎樣一個異乎尋常的事體，同時好奇心也被誘發出來了。他放棄了撫慰我，回頭付了錢入場去一窺究竟。

我與克利小姐無言地等候他出場。「好怪，」他過了五分鐘後出來了，這個一向不相信怪力亂神的人微微青著臉，對自己搖頭。

那件事情始終沒有過去。從吉普賽人在巴黎聖・日耳曼森林裡搭建的大型夜間遊樂場回家後，我有如被鬼魅所纏繞一般，在清醒的每一刻鐘裡，都會不期然地記起「妵」，我幾乎無力做理性、深刻的思考，僅僅是在腦中拼湊出「妵」明麗的五官、栗色的長髮和發顫的嗓音。我逐漸掉入偏頭痛、失眠及一種輕微的厭世感的泥沼之中。

一個汽球，一個擺在桌面上的西瓜，珠寶店或理容院櫥窗裡陳列著的人頭模特兒，這類圓形的人頭大小的東西，只要一撞入眼中，便會使我駭然而驚，一顆心在胸腔裡卜突卜突地跳了起來。好奇殺死一隻貓，自古有明訓。

我詢問每個我碰到的朋友，對聖・日耳曼森林中那顆來自伊朗的少女的頭顱的想法，我打電話要一些朋友去看「蛇」，然後告訴我他們的感受。後來我慢慢弄懂了自己那樣做的潛隱的心理，我希望有哪個通達事理的人，決斷地告訴我，那只是一種障眼法，一種高明的魔術，被愚弄的只是我的眼睛而已。

克利小姐的哥哥那天並未與我們同行，但是事後根據我們的描述，提出了他的看法：那是一種巫術，吉普賽人幾代秘傳的巫術，所有入場的人都受到催眠，看到的是物質世界所不可能存在的幻象，他舉了一次自己的親身經驗為例，「有一個吉普賽女人，在一堆圍觀的人的逼視下，在不到十分鐘時間內，長出猙獰的爪牙和一身長毛，變成一隻大猩猩！」他在回憶那個目擊的怪事時，仍然心有餘悸，「得動用一大批好萊塢最高明的特殊效果專家們，才製造得出來的視覺魔術，那吉普賽娘們一個人給幹了。」

我打電話給一位認識的報界人士——他同時是一位推理小說作家，徵詢他對如此一件叫人心神難寧的事兒的意見。他似乎是在經過一番審慎的思考之後，才正式回我的電話。他的答覆的前半段，是很典型的報導體式的背景解說，是的，吉普賽人是一支十分特異的族群，歐洲人至今對他們仍然存著很深的歧見，視之為竊賊、遊民、神棍或騙徒，在歐洲很多城市的入口處，甚至掛起「本市不接待吉普賽人」的告示牌，他們就算沒有被明文拒絕，也往往只能把大型旅行車停在天橋下、垃圾場或發電廠後方。雖然他們是歐洲成長最快速的種族，然而各國政府卻經常「蓄意」忽視他們的人數與需求，吉普賽兒童就算有就學的意願，也往往不被居住當地的學校所接納，被迫終生做個文盲，更不人道的是，據了解，捷克共黨政府在過去五年內，曾強行近萬名吉普賽婦女接受絕育手術。

這種種族歧視由來已久，幾乎從西元十世紀期間，這個種族為了逃避入侵的回教徒的迫害而遷離印度、阿富汗等原居地時就開始了，他們最早的目的地是拜占庭帝國，在那兒他們從事拿手活兒冶金業，隨後又衍生分為數十支部落，其中一支由俄羅斯進入中歐腹地，盤踞在小山丘與森林之間，當時那兒沒有一個強大的王國可以抵制這個種族的遷入，他們很容易就直刺心臟部位，並在那兒滯留了幾個世紀。

也因此歐洲人一直以為他們來自於中歐羅馬尼亞、捷克、匈牙利等地，稱他們為Bohémien (Bohéme 是捷克的一區)，或Romanichels，意為羅馬尼亞人，但是這個字又與Roumains不同義，前者指的是浪遊的人，後者指的是真正的羅馬尼亞人種。有時又稱他們的人種及語言為Tsigane（茨崗人、茨崗語），茨崗人是匈牙利的一個人種。

這個無家處處家的種族，在長達十個世紀的流徙中，仍然保留了些中亞部落民的遺風，他們之中有些人仍然為新娘訂定身價，這在歐洲人看來是人口買賣的野蠻行徑！仍然堅守不與異族通婚的習俗。他們使用一種稱為「茨崗語」的神秘難解的語言，保留了自己母語的字彙，卻套用居留地語言的文法結構，做為族群間溝通的暗碼，這令歐羅巴人感到恐懼，有時甚至被視為一種巫術的咒語。

我那位新聞界朋友做了個結論：很多歐洲人當他們是服侍魔鬼的族群，這或者可以解釋希特勒當權的時代，有五十萬左右的吉普賽人死於集中營的歷史悲劇了。「文明而謹慎的歐洲人對他們的態度是敬而遠之，因此他們的種種作為，甚至他們的營生方式，依然罩在神秘的面紗之中。」他顯然也是文明而謹慎的歐洲人，他認為買門票去看「姹」，本身就是一種犯禁忌的行為。

我不太滿意他那種「把巨魔再裝回瓶子裡」的消極態度，可對這事我自己也別無作為。我牛反芻似的在腦中把那顆孤伶伶活著的頭顱追溫了一遍又一遍，每回都感到說不出的刺慄，對自己身處的這個不可理解的世界，懷著一種黯淡浮泛的恐懼，並且確定自己將會一輩子在這種恐懼的可憎的餘威中活下去。

一九九一年九月十二日
原載《中央日報》副刊

行走

幾個月前，我的孩子學會走路，他像個突然發了橫財的人一樣，面對一筆乍然到手又揮霍不完的財富，被且驚且喜的奇妙感覺支使得團團轉，一分鐘也安靜不下來，每天一睜眼便迫不及待地要用他那雙小腳丫子去丈量眼前變化多端的世界。他一心一意前進，對將會走向何處並不真正在意，只是把全副心神都融入向前跨步的動態裡。原來人生的第一步竟是如此讓人期待、讓人義無反顧。

只要一出了屋子，他便像隻甫出牢籠的小獸那樣往前奔竄。他不問目的地，只要過程，是的，單單那種把呼吸、心跳、汗水、距離與景物的變幻交織在一起的奇妙感覺，於他就足以是目的。他無時無刻不在前進、傾跌、攀爬，這使他的手肘沾滿泥屑，膝蓋上劃了無數傷痕。透過一次次的跌倒與重新站立，他慢慢地把整個世界對他的敵意逐退了。如今他一歲半了，早已走穩了步子，但是等著他去嘗試的事兒還多著哩，前不久他還四腳著地上下樓梯，現在他直立起身子一階階往上走了，這世界對他又有了新的面貌與意義，爬行階段有遠近之分，直立行走之後，又有了高低之別。

看著孩子在陽光下舉步，我經常有流淚的衝動，生命以如此單純又果決的樣態出現，於我幾乎是一種精神教育了。長久以來，我們把日子過得多麼單調貧乏，每天睜開眼睛面對的不外是變化不大的三餐菜譜，缺乏新話題的老朋友，未付的賬單，起起落落的銀行存摺，和早報上的政治變局與股市分析。萬般風景都化入一種顏色，太陽底下沒有新鮮的事兒，從來沒有想到單單呼吸著、行走著、聽著看著，就是莫大的喜悅與驚奇。老天允許的話，我真想從時間的布幅上剪下這些陪孩子學步的零碎光陰，如同外出散步的人在書頁中夾入一片片落葉，枯黃的葉脈裡寄有他沿途的美好感受。

我幾乎忘了，在那些年輕的日子裡，我自己最純粹的喜悅中，走路是多麼重要的一項。我像所有為惰性所禁錮的人一樣，逐漸變得四體不勤，所幸內在的靈眼並未完全關閉，多少個午夜夢迴的時刻，我在闇夜中兀自睜大眼睛怔忡出神，回到某個時間與空間的點，我會記起某條曲徑，彷彿置身在它厚厚的落葉層之中；有時我會沒身於一片嫩綠的草地，傾聽金翅雀掠過原野時的高歌。

幾乎我記住的所有旅程，都是用雙腳走出來的。每當我走得鼻息咻咻，感覺已耗盡全身每一滴力氣，不得不尋個平坦安靜的角落歇歇腳時，那當兒只要風一吹，葉子在流通的空氣中一浮動，我就感覺自己有如一只春風裡的風箏，高高翱翔在塵世的種種煩惱之上。

我生命最早的記憶包含這麼一樁——那時我大約五歲或更小一些，是那種仍然成日被囚在大人眼前的年齡。有一回夥著小我兩歲的弟弟一起逃出家門，一路沒頭沒腦前行，中午的鄉村一片寧靜，只見麻雀在籬笆上啁啾，萬壽菊和許多不知名的野花開在路旁。我們走過馬路、田埂、土丘、鐵軌，終於在漫漫無際的曠野裡迷失了自己。乍一舉首，我生平第一次發現地平線！用一個未及學齡的孩子的想像力，當時我認為那就是分隔天與地的標界了。我緊緊牽住弟弟的手，呆立在空曠的田野中，想像著一個不小心，一腳踩越那個標界，便會轟然一記掉入太虛裡，任憑如何掙扎也回不了頭。我懂得了恐懼，也第一次對自己寄身的世界有了天地漠漠，自我何其卑微渺小的宗教性感悟。

隨著年歲的增長，我越走越快，也越走越遠。小學階段，我背著書包走路去上學，走過稻田，走過風，走過一個又一個嚮晴的日子，經常為路旁田裡從玉米穗飄落下來的金黃色長鬚而停步，或是被躲在某個人家窗牖下鳴叫的蟋蟀所吸引，發現的是一個又一個比書本更深奧的世界。中學六年，成了個通學生，每天搭客運車上下學，我變成一個嗜讀冷門書，熱愛沉思與質疑的早熟文藝少女，唯一不變的是喜歡走路的習性，開始透過走長長長長的路來整理內在吶吶不能表述的激情與思緒。只要時間容許，放學後我總是寧願以步行代替搭車，尋一條僻靜的鄉間小路，然後把胸一挺、把腹一縮就上路了。

在陽光下舉著步子，拖著自己忽長忽短的影子前進，心中總有著不名的期待，那種期待也只有壯闊的天地才承得住。而大自然總是容易和年輕的生命起共鳴起聯繫，因為只有大自然才容得我們隨意詮釋。太陽底下不會有失敗的生命，這於我幾乎是一種信仰了。

踏入充滿競奪的成人世界，第一道手續就是填寫自己的履歷表，一個人的社會價值於焉建立。翻查辭典，履原來指的是單底的鞋子，由穿鞋引申為踩、踏，所以履歷的原意是行步所至，從而解釋為人的經歷。由「履歷」想到「經驗」，才發現「經驗」一辭在我們的日常解釋中，帶著多大的虛幻與謬誤。是的，我們既不能創造經驗，也不能借用他人的經驗，所有的事物必須由我們實實在在去身體力行才算數。一首歌，必須自己用心唱過，才能理解歌詞的意義；一篇文章，只有自己用腦研讀過，才能領會作者在字裡行間經營的苦心，同樣的，一段旁人走過的路，不管他事後為我們做了多麼生動縝密的描述，也不能同等於我們親身走過一趟。只有當我們走在風雲激蕩日夜流轉的大氣裡，才有生命在往前開展的歡喜與得意。人的行步所至，就是他的價值所在。

結婚後，我們買了一部車子，它幾乎完全改變了我們的生活內容。黃昏時的執手散步已成為往日回憶，一人提著一個菜籃到老式菜場買回日常飲食所需，就便在鬧市讀臉譜的閒情也已不復再來。辦任何事情都以車代步，因此走路便失去了目的地，也失去了動機。我們像寄生蟹那樣，以屋子為大殼，以車子為小殼，步行的路程往往只是停車場與某棟建築物的間距而已。景物永遠以流體狀態往後倒退，我不再有機會留意番茄如何在架上變紅，菊花的金黃色穗狀花序何時全部向太陽舒展，柳樹又在那個節氣開始飛絮。季節的概念很模糊，甚至變得遙不可及。

車子開過，後面揚起塵埃、噪音與越積數字越大的里程紀錄。我們追求效率與速度，付出的代價是過程，我們除了一個又一個目的地，什麼地方也沒有到達，而目的地只是一個空間上的點而已，不管面對的風景多麼險奇壯闊，也因為少掉跋山涉水的過程中殷切的盼望，而少了些震撼心靈的力道。我想所有偉大的旅行家或冒險家，都是以自己鮮活但脆弱的肉身去丈量既恭順還猙獰的大地，才贏得那個令人艷羨的名銜。當他們置身沙漠莽原或斷崖深壑，弓狀的背脊馱著一個弓狀的天空時，定然是以天地的壯美來喚醒自己內在的力量，以再度挺直背脊亟亟地向前去罷。

肉體是通往真理的唯一路徑，它讓我們認識到人的極限。思想永遠跑在前頭，它看得太遠了，比肉體遠得多，因而它只推理而不體驗也不記憶。肉體不同，它結結實實存在於它所經過的時刻和它所到過的地方，它紀錄並保存它們。就因為它的卑微與有限，因此它特別靈敏與謙虛，眼前的風景不知道有幾百萬對眼睛看過，但是對它而言，依然有若大地流露出來的第一個微笑，它會把我們某段旅程見到的一棵鳳凰樹挺立在金色暮靄中的美麗景象攝製下來，銘刻到我們的遺傳基因之中，成為往後世世代代子孫鄉愁的原由。

為什麼需要行走？為什麼喜歡行走？通常它是把空間上兩個定點連接起來的一種手段，但更重要的是，兩點之間所包藏的一些不期然的發現，這些發現往往使已經僵固了的生活之旋律有了喜人的變奏。而兩點之間最長的距離永遠是步行，只有把距離拉長了，讓前進的步調慢了下來，人對生命意義的體悟才會真正深刻。

看著孩子在陽光下躊躇滿志地舉步，我心中充滿著無以名之的喜悅。他邁著零亂的步子，毫不猶豫地往前走去，聽著看著、呼吸著行走著思考著，就意味他在成長著、活著。是的，這就是天行健，君子自強不息的意義所在了。

一九九三年三月三日

原載《中華日報》副刊

鷹的感覺

到了今天，我仍然在追尋那種高飛時鷹的感覺。

在異邦人的土地上，在午夜夢迴時，我時常在闇夜裡兀自睜大著眼睛怔忡出神，回到那個時間與空間的定點。有時我會隨著一條曲徑，沒身在一片綠黃色的草地和厚厚的落葉層。有一次，在不列塔尼一片臨風的高原上，就在一隻鶇鳥從矮樹叢中猝然驚起的時候，我聽到了風，聽到了海濤，聽到了單車前進時，輪胎咬噬柏油路面的聲音，時間是在一個仲秋的夜晚，星子的光芒被凍結在它自身裡面，風從我的身體裡自由地進出、來往，就這樣，我變得很輕很輕，一顆心跟著膨脹起來，敏感地加速跳動。對的，這就是高飛時鷹的感覺吧。

那天載我們的一輛中型旅行車在午後燦爛的秋陽下行走。整個蘭嶼島像個浮動的舢舨，被看不見的氣流推動著。我們有近四十個人，身分是教授、作家與記者，這些人組成一支文化訪問團，正式叩訪那個棕皮膚愛裸露身子的原住民部落。風從天邊、從全世界每個角落吹來，灌入車窗，灌入我們的衣領，於是大家眼睛都明亮起來，張大了口呼吸，有一陣子，車裡的話語突然稀落了，似乎大家同時都感受到一股自由與解放了的鬆弛。

兩部旅行車分別把我們送進蘭嶼賓館與核能廢料儲存所安頓好後，那個下午還留著長長一截尾巴。於是我跟核能廢料儲存所的一位說國語仍然帶著很濃臺灣腔的技工借了一部單車，便出發去「環島」了。

順風的路程裡，我的單車像條行走在陸地上的帆船，腳下的路將通往怎樣的地方我毫無腹案，我也不去思慮這些問題。哎呀，那是另一個世界，一個充滿陽光、青春與自由的世界，人所具有的靈動與勇氣突然完整地回到我的身上，快樂、自由、無畏這些品質我當時確實懂得。

逆風的路程，我便從單車輕倩地躍下，推著它走，偶而停步在一條曲徑或一道溪澗身邊。也曾俯身觀察過岩石下面帶著沙斑的毛翅幼蟲，或水面上突然而至的一大群輕如薄膜的蜉蝣，或者在田埂下水窪裡四竄的不知名的長腳爬蟲。然後攤直雙腿坐在路邊一塊裸露的岩石上，任由頂上的太陽把自己烤得全身軟綿綿的，一邊諦聽遠處傳來的海濤聲。

漂流的溪澗裡蘊藏著在我們世界之內和之上的其他世界，面對那一道清淺、愛喧嘩的溪水時，我想起了詩人佛洛斯特對他家鄉一條小溪的頌詞，我輕輕唸道：「它奔流在我們之間，奔流在我們之上，跟我們並肩往前。它是時間、力量、音調、光明與生命。」

為了抗爭海風，為了以最少的營養來哺育自身的生命，島上所有的植物、動物都縮小了自身的格局，連人也一樣，加上一身風乾的枯瘦的皮膚，使我想起「老縮」成罐頭般大小的人種的故事。在夾著陽光金塵的乾燥海風的烘焙之中，我似乎也慢慢從自身的重量中掙脫開來，一身輕鬆，臉被幻想之光照亮，渾身充滿著一種自由的高貴氣質，單車的前後輪宛如從我身體裡衍生出去的一對翅膀，我微瞇著眼睛衝下一個持續半公里多長的斜坡，讓風打在我泛紅的額頭和臉頰上，把我的短髮和衣角掃向身後，而我則繼續體驗著那種新生的自由的高貴氣質——一種鷹在高空的氣流中翱翔時所具有的氣質。

直到晚餐已開動時，我才推著單車回到那個臨時的下榻處，那時餐桌上的魚已翻了身，菜已變了色，但是我吃得前所未有的香，像個真正的莊稼人的女兒，一張大嚼著的臉還帶著陽光的餘溫。

飯後他們在核能廢料儲存所的前庭舉辦僅僅美其名的「月光晚會」，但那是個天上星多月不亮的晚上，他們在團團圍坐著的人的圈子後面架起幾盞燈泡充當照明，那光景很有些兒時趕夜間野臺戲的情味。有人表演吹口琴，吹一曲羅列萊，那琴聲使得天地更加遼闊，大家都跟著唱起來，在嘴裡輕輕嚼著自己即席創作的十分抒情的歌詞。

我悄聲離開我的席位，潛行到停放著暫時屬於我的那輛單車的庫房去，輕倩地躍身坐在上面，繞過了燈火與人聲，向橫身在前頭的隆重的大夜刺了進去。

我置身於完全的黑暗之中，恍若一個巨大的鍋底，猛一下扣到了頭上。身上沒帶洋火、沒帶手電筒，一路行去，才漸漸辨出自己的方位，矮山禿嶺的幢幢黑影夾著墨色蒼天，反將腳下的柏油路襯成一條玉帶。

但是且慢，風太大了，迎面呼呼地灌著，彷彿來自地底來自遠古。黑暗主宰著一切，人變得渺小了，像一張巨大的魔網從天而降，籠罩在四面八方。我的上半身幾乎已橫傾在單車龍頭上了，仍然不敵那風勢，行到離核能廢料儲存所不遠的軍艦岩前方時，一陣狂風把我連人帶車猛力吹離路面，拋在一片巖壁腳下，回神時才驀地驚覺，當時風向相反的話，我可能已像一片落葉被掃入波濤洶湧的海面上了，這才體會到，大自然同人，溫柔亦兇惡，恭順還猙獰，它時時都在儲蓄力量，要當面給你一個痛擊。

茫茫黑暗中，我推著單車朝來時路走，重見燈火時，心中竟有一股微微的暖流漾開。我悄聲地把單車微傾著靠在一堵矮牆上，摸回屬於我的座位，正好追上一個已講了個頭的鬼故事，那故事我曾在不同的野營活動裡聽不同的人講過——是這樣子的，一個患夢遊症的山地測量員如何與他的同伴被一場暴風雪困在一座深山裡，他的夥伴不敵飢寒終於死亡了，他則在每晚的夢遊中從埋屍的雪坑裡把他的夥伴拖回臨時棲身的小工寮，卻又在隔日睡醒過來時被橫躺在眼前的同伴的屍體嚇得喪魂失魄。我一向容易為任何有關靈異的傳說而魅惑，因為我太容易身陷恐懼的泥沼。鬼故事對膽大的人向來缺乏吸引力。

夜更殘的時候，我們的「月光晚會」也進入尾聲，住蘭嶼賓館的旅伴們紛紛跳上旅行車，準備回去睡個香甜的好覺。風似乎靜下來了，我望著被旅行車兩道車前燈所劃破的夜幕，靈捷地跳上被我扔在那道矮牆邊的單車，心頭被一種準備出發歷險的興奮情緒所鼓脹著，使盡全身力氣蹬著單車，緊緊地跟著旅行車一路前行。

跟了不到一公里路，我便被前面的旅行車遠遠地扔在後頭了。然而我就靠著一股猛爆的自我挑戰的意志的驅使，矢志以蘭嶼賓館為目的地。

黑暗向我蜿蜒。四周很靜，海濤聲與風聲似乎成了一種微弱的襯底音樂。靜，也有它的多面性，斯時斯地，黑黝黝的天黑黝黝的地，冷嗖嗖的風冷嗖嗖的夜露，我驀然思及，路斷了、力盡了時，怎麼辦？然而我決意不走回頭路，光那念頭就大大抵觸了我年少狂激的情思。

星子碩大、低垂，但是光芒彷彿被凍結在它自身裡面，看上去像一個個虛幻的光點，冷冷的，在固定的位置上沉默，梵谷就畫過這種滿天星子卻照舊闇黑沉重的天空、詭奇的傲岸的宇宙的大夜。

我似乎經過了一個聚落，因為我聽到狗叫聲，然而我沒看到屋舍或人。路線並不確定，只靠白日已走過一遭的模糊的記憶和體內殘餘的動物本能前進了。後來狗吠聲消失了，我又斷絕了與所有生命的連繫了，是置身於古老的洪荒時代的感覺，原始的氣息在擴展、蔓延，恐懼在體內迅速繁殖，所有聽過的靈異傳說的片斷情節，就像電影的毛片那般在我腦中顯影，我的神經線根根繃緊，隨時有斷裂之虞，也許下一秒鐘我會面對一抹飄忽的身影，或一雙幽幽的綠眼？也許是更壞更壞的什麼……老天，我是個先天性的心臟病患者呀，千萬不要嚇我，我可是命薄如紙呀。

風又開始吹了，夾著潮潮的海水的鹹味，我前進的速度被迫緩了下來。我鼓勵自己唱歌，把幾支熟悉的歌兒唱完了後，我聽到自己在頌詩，有些字句因為記憶模糊，就任著自己當時的靈感遞補上遺忘了的部分。詩句美麗的韻腳和開闊醇釅的意境慢慢驅走了我心頭的恐懼，有些平時怎麼也記不上來的詩，竟在那時朗朗上口了。

在那蕩蕩大海之上怒吼的荒風；
於熊熊西天之中懸垂的荒風；
那擂打天堂之門、擂打地獄之門、
把幢幢群鬼啾啾地吹到那裡的荒風。

我大聲唸著葉慈《恆怒之軍》中的詩句，一邊以一種近似滑翔翼飛行員的身姿衝下一個斜坡，還在慢速滑行時，突然一股腦兒撞上一個大塊的、有生命的、會發聲的、會移動的物體上面，身子被拋了出去，再頭朝下落回地面——可那地真真溫柔真真宜於觸摸呀，而且帶著一股溫暖的令人安心的熟悉的氣息，我扶著額頭站立起來，沒想到一個趔趄，我又一屁股跌回去，這次是真正地掉在地上了，在黑暗中定神一看，才發現站立在我跟前的是一頭牛，我那連人帶車的猛力一撞，竟沒嚇退這馴良、遲鈍的動物，只見牠正垂著頭悶聲不吭地檢視自己方才挨撞的部位呢。

我先對自己搖頭，隨後爆出一陣大笑，對那隻溫柔的牛滿懷感激與歉意，不由得向前一步，探手去拍牠的屁股，沒想到這個友善的動作反而驚擾了牠，牠從喉頭逼出一串低鳴聲，突然拔腿向路邊的荒草枯木叢中逃遁了去。

重新上路時，我渾身像被人打過一樣疼痛，不得不放慢前進的速度。終於我又看到燈火了，認出光源所在就是蘭嶼賓館，不由得長嘯一聲，第一個上了腦中的念頭是，住在賓館裡的所有的我的旅伴，都將成為我這次英勇事蹟的見證人，往後他們談及我們的蘭嶼之行時，必然不會漏掉那個颯爽的勇武的患著嚴重先天性心臟病卻仍然發揮了過人的膽識與意志的女子如何隻身征服了蘭嶼岩石冰雪般嚴酷的大夜這一段。

我扔下單車，跑進蘭嶼賓館，撞見第一名隊友時便迫不及待地逮住他講述我如何隻身從核能廢料儲存所摸黑遠征蘭嶼賓館的過程。他歪著頭看著我喋喋不休、比手劃腳的陳述，終於不得不打斷我的話頭：「看妳幹了什麼好事，儲存所那頭打電話過來說走失了一個人，問這頭有沒有人看到，這頭回說沒有，他們便派了所有的車子出去找了。」

賓館這頭一通電話火急打到儲存所，很快地兩頭都驚動了，接下來連續幾個場景我實在不太想去描述，總之一個犯過的學生被一群訓導長所包圍的景況並不難想像。後來他們派了一輛小卡車來，把我連人帶車塞到後面的廂座裡送回儲存所去。一路上我隔著一方小小的車窗與蘭嶼的夜空相對，但是卻聽不到風與海濤。

許多許多年以後，回想起蘭嶼的那一夜，我仍然感受得到自己急促的呼吸與狂亂的心跳。我從一個城市遷徙到另一個城市，不管時光怎樣雕刻我的臉龐我的身體，只要我輕輕閉上眼睛，把自己交給回憶，於是風和海濤便會在耳際響起，於是我變得很輕很輕，高飛時鷹的感覺會再度回到我的身體裡面，我回歸了我從前曾走過的路，而我的回歸，證實了青春的存在、生命的存在。

原載《中央日報》副刊

華美的夏

大概只有像我這種生長在亞熱帶國度，而後在四季分明的歐洲長住的人，才能充分體會夏季的華豔與遼闊。日曆翻過「夏至」那一頁，在萬物的成長聲中，彷彿能聽到一年週而復始的巨輪轉動。

電視上午間與晚間新聞時段的氣象報告，都要附上每日日照時間的精確數字，它逐日增長，把夜越逼越短，人們手上憑空多出來一大塊可以利用的時間，等到最後一線天光也變得稀薄，才把自己扔到床上時，已耗盡了全身每一滴氣力，既沒餘裕失眠，也來不及作夢。

這是個花與果實並存的季節。玉米穗裡開始飄出金色噴泉似的長鬚，蘋果在枝椏上膨脹，番茄幾乎要壓垮支架，松子一節節加長，櫻桃由豔紅轉成暗紫。在超級市場的蔬果部門，主婦們的臉上都帶著準備參加嘉年華會的快樂表情，大地豐收的季節，人人都成了受惠者，各種蔬菜、水果的價目牌每天都得更換，價格越壓越低。晚餐可以用時鮮的草莓、櫻桃、波蘿、水蜜桃烘蛋糕、調雞尾酒和做一大盤鮮果沙拉了。

花兒無處不在，在茵茵的綠草地，在高高的枝椏上，在矮籬頭，在白牆紅瓦人家的窗櫺。菊花把金黃色的穗狀花序指向驕陽，海棠紅遍城裡每戶人家的欄干，紫薊以綠色的草坡為襯底背景，蘇模結了實的梗莖已逐漸變成酒紅色。人們通常把春天當做花的季節，果實則被視為秋天的恩賜，而忽略了生殖力最為旺盛的夏，在這兒，鮮花與碩果共同譜出大地最華美的色彩樂曲。

假期剛剛開始不久。突然滿城奔跑著皮膚被太陽烤得紅紅亮亮的兒童，他們同時從不同的校園中被釋放出來，活動著被課桌椅拘得乖順的手腳，奔跑蹦跳在大街小巷，才一轉身，學校的記憶就變得模糊。現在他們都換上肥褲腿的印花布短褲和印著缺牙的河馬、彎睫毛的長頸鹿，或直立的小熊等圖案的袖衫，每一個身上都是一條色彩之流，這些小小的色彩之流經常三五成群匯集在一起，給成人以一次次視覺的饗宴。啊，我們最寶愛的一群，他們是天使與獸的綜合體，也只有奔放遼闊的夏，才是他們恣意解放自己的大背景。

各種雜耍團、特技團和馬戲團都回來了。那些走江湖的賣藝人把十輪大旅行車開到城鎮的外緣，在森林中的空地上安營紮寨，然後組裝出一個由摩天輪、雲霄飛車、鏡子迷宮、立體電影院等構成的露天遊樂場，在入夜後，把孩子和孩子的父母從四面八方吸引到那座人工的光的城市聲的世界去，忘我地送走一個個仲夏的白夜。

但是有更多的人湧向海邊。耽美的男女，不顧健康專家的警告，在沙灘上把自己剝得一清二白，像條擱淺的魚兒般接受豔陽的烘焙，唯一沒從身上退下來的是鼻樑上那副太陽眼鏡，但是他們看見的不是一個墨黑的世界，他們早已立地遁身而去，悠遊於自己腦中那片瑰麗的奇幻天地，並且期待著假期結束時，可以帶回一身傲人的古銅色皮膚，以逼走辦公室塑鋼家具的寒光。

近岸海面萬頭亂鑽，戲浪的人潮像迴游的魚群般蝟集在一起，置身水中竟有如回了家——莫非人類遠祖源身於海洋的傳說屬實，至今我們紅色的血液中還帶著藍色海水潮潮的鹹味——否則為什麼被帶著浮力與鹽分的海水周身一裹，人就有與天地化為一體的自在與歡愉？

但是，也還找得到一些寧逸的角落，夏天以另外一種姿態出現，時間似乎靜止不前。是的，那就是鄉村與田野，置身其中，會感覺因為四周的寧靜使得大地的心音幾乎清晰可聞。但是，且慢，聽，麻雀在遠處人家的木籬上啁啾，金翅雀從原野低空掠過時會發出一種悠長的呼喚，蟋蟀在農舍廚房的窗牖下鳴叫，還有松鼠在枝椏上穿梭覓食時發出的颼颼聲，都會打破了大地的沉寂。夏天是不可能真正沉默的，就算萬物都已各歸其位歇晌去了，大地彷彿一片靜寂，這時遠方天空的雷暴已由遠而近，一抬頭就可看到憤怒的天神正從雲端向人間擲下長矛。

這是六月與七月之交，大地炎熱、潮濕、噪動不安。萬物欣欣向榮，時間的巨輪繼續往前推動，孩子的皮膚加了一個色度，松子已長足了該有的身量，金翅雀已逐漸唱啞了嗓子，然而夏天還正依時序展現它最華美的一面哩。

一九九二年八月一日

原載美國《世界日報》副刊

三民叢刊書目

①邁向已開發國家　孫　震著
②經濟發展啟示錄　于宗先著
③中國文學講話　王更生著
④紅樓夢新解　潘重規著
⑤紅樓夢新辨　潘重規著
⑥自由與權威　周陽山著
⑦勇往直前
・傳播經營札記　石永貴著
⑧細微的一炷香　劉紹銘著
⑨文與情　琦　君著
⑩在我們的時代　周志文著
⑪中央社的故事（上）
・民國二十一年至六十一年　周培敬著
⑫中央社的故事（下）
・民國二十一年至六十一年　周培敬著
⑬梭羅與中國　陳長房著
⑭時代邊緣之聲　龔鵬程著

---

⑮紅學六十年　潘重規著
⑯解咒與立法　勞思光著
⑰對不起，借過一下　水　晶著
⑱解體分裂的年代　楊　渡著
⑲德國在那裏？（政治、經濟）
・聯邦德國四十年　郭恆鈺、許琳菲等著
⑳德國在那裏？（文化、統一）
・聯邦德國四十年　郭恆鈺、許琳菲等著
㉑浮生九四
・雪林回憶錄　蘇雪林著
㉒海天集　莊信正著
㉓日本式心靈
・文化與社會散論　李永熾著
㉔臺灣文學風貌　李瑞騰著
㉕干儛集　黃翰荻著

㉖作家與作品　謝冰瑩著
㉗冰瑩書信　謝冰瑩著
㉘冰瑩遊記　謝冰瑩著
㉙冰瑩憶往　謝冰瑩著
㉚冰瑩懷舊　謝冰瑩著
㉛與世界文壇對話　鄭樹森著
㉜捉狂下的興嘆　南方朔著
㉝猶記風吹水上鱗
・錢穆與現代中國學術　余英時著
㉞形象與言語
・西方現代藝術評論文集　李明明著
㉟紅學論集　潘重規著
㊱憂鬱與狂熱　孫瑋芒著
㊲黃昏過客　沙　究著
㊳帶詩蹺課去　徐望雲著
㊴走出銅像國　龔鵬程著
㊵伴我半世紀的那把琴　鄧昌國著
㊶深層思考與思考深層　劉必榮著
・轉型期國際政治的觀察
㊷瞬　間　周志文著

㊸兩岸迷宮遊戲　楊　渡著
㊹德國問題與歐洲秩序　彭滂沱著
㊺文學關懷　李瑞騰著
㊻未能忘情　劉紹銘著
㊼發展路上艱難多　孫　震著
㊽胡適叢論　周質平著
㊾水與水神
・中國的民俗與人文　王孝廉著
㊿由英雄的人到人的泯滅
・法國當代文學論集　金恆杰著
51重商主義的窘境　賴建誠著
52中國文化與現代變遷　余英時著
53橡溪雜拾　思　果著
54統一後的德國　郭恆鈺主編
55愛盧談文學　黃永武著
56南十字星座　呂大明著
57重疊的足跡　韓　秀著
58書鄉長短調　黃碧端著
59愛情・仇恨・政治
・漢姆雷特專論及其他　朱立民著

⑥⓪蝴蝶球傳奇　顏匯增著
・真實與虛構
⑥①文化啓示錄　南方朔著
⑥②日本這個國家　章　陸著
⑥③在沉寂與鼎沸之間　黃碧端著
⑥④民主與兩岸動向　余英時著
⑥⑤靈魂的按摩　劉紹銘著
⑥⑥迎向眾聲　向　陽著
・八〇年代臺灣文化情境觀察
⑥⑦蛻變中的臺灣經濟　于宗先著
⑥⑧從現代到當代　鄭樹森著
⑥⑨嚴肅的遊戲　楊錦郁著
・當代文藝訪談錄
⑦⓪甜鹹酸梅　向　明著
⑦①楓　香　黃國彬著
⑦②日本深層　齊　濤著
⑦③美麗的負荷　封德屏著
⑦④現代文明的隱者　周陽山著
⑦⑤煙火與噴泉　白　靈著

⑦⑥七十浮跡　項退結著
・生活體驗與思考
⑦⑦永恆的彩虹　小　民著
⑦⑧情繫一環　梁錫華著
⑦⑨遠山一抹　思　果著
⑧⓪尋找希望的星空　呂大明著
⑧①領養一株雲杉　黃文範著
⑧②浮世情懷　劉安諾著
⑧③天涯長青　趙淑俠著
⑧④文學札記　黃國彬著
⑧⑤訪草（第一卷）　陳冠學著
⑧⑥藍色的斷想　陳冠學著
・孤獨者隨想錄
⑧⑦追不回的永恆　彭　歌著
A・B・C全卷
⑧⑧紫水晶戒指　小　民著
⑧⑨心路的嬉逐　劉延湘著
⑨⓪情書外一章　韓　秀著
⑨①情到深處　簡　宛著
⑨②父女對話　陳冠學著

㉝陳冲前傳　嚴歌苓著
㉞面壁笑人類　祖　慰著
㉟不老的詩心　夏鐵肩著
㊱雲霧之國　合山　究著
㊲北京城不是一天造成的　喜　樂著
㊳兩城憶往　楊孔鑫著
㊴詩情與俠骨　莊　因著
⑽文化脈動　張　錯著
⑽桑樹下　繆天華著
⑽牛頓來訪　石家興著
⑽深情回眸　鮑曉暉著
⑽新詩補給站　渡　也著
⑽鳳凰遊　李元洛著
⑽文學人語　高大鵬著
⑽養狗政治學　鄭赤琰著
⑽烟　塵　姜　穆著
⑽河　宴　鍾怡雯著
⑽滬上春秋　章念馳著
⑾愛廬談心事　黃永武著
⑾吹不散的人影　高大鵬著
⑾草鞋權貴　嚴歌苓著
⑾是我們改變了世界　張　放著
⑾夢裡有隻小小船　夏小舟著
⑾狂歡與破碎　林幸謙著
⑾哲學思考漫步　劉述先著
⑾說涼　水　晶著
⑾紅樓鐘聲　王熙元著
⑿寒冬聽天方夜譚　保　真著

⑫1 儒林新誌

周質平　著

本書是旅美普林斯頓大學周質平教授，將其多年在國內外的華文報章上所發表的四十多篇論述雜文結集成冊。書中呈顯出所謂海外學人的千般樣態，嘲諷中不失幽默，值得您細心體會。

⑫2 流水無歸程

白　樺　著

大陸知名作家白樺繼《哀莫大於心未死》之後又一本長篇小說。他的書取材是當代的，是改革開放後大陸所面臨的經濟文化與人慾的衝擊。書中的人物如高幹、富商、少女、情婦、歌星等，在金錢的誘惑下，一一呈顯出深沈黑暗而扭曲的人性面。

⑫3 偷窺天國

劉紹銘　著

善人走完了人生路途上天國，會幸福到什麼程度？天國的幸福，會不會只是塵世快樂的延續？在本書作者引領之下偷窺天國的結果，是否會發覺天國的無趣？永恆實在可怕，幸福和快樂如果遙遙無盡期，一樣會變為無聊、乏味。天國，是否就在當下。

⑫4 倒淌河

嚴歌苓　著

屢獲各大報文學首獎的嚴歌苓，繼《陳冲前傳》、《草鞋權貴》後又一本小說新著。內容包括十個短篇及一部中篇〈倒淌河〉。全書無論在寫景、敘事或對話，都極老練辛辣，辣得幾乎教人流出淚來。

⑫5

尋覓畫家步履

陳其茂 著

出國旅行，是許多人心神嚮往的事。而世界各著名的美術、博物館，更是文人雅士們流連佇足之所。與其走馬看花、對大師們的作品僅留浮光掠影，淺嘗輒止；不如隨著畫家陳其茂教授的引領，在其敏銳且情感深致的筆觸下，一起尋覓畫家們的步履。

⑫6

古典與現實之間

杜正勝 著

在古典與現實之間，一幕幕動人心弦的故事正激盪著你我的心。古典的真貌在不斷的探索中漸漸澄澈而透明。而現實的我們且懷著古典的情愫，在史學家杜正勝院士古典新詮的筆下，淺嘗歷史的滋味。

⑫7

釣魚臺畔過客

彭歌 著

北京釣魚臺之盛名，並非全因這片神祕的迎賓貴地，而是在於它的歷史背景。是緣的牽引，將離去故都半世紀的作者引入這神祕的釣魚臺賓館……本書作者以纖細的筆觸，將自己多年飄泊生涯中的聞見感想，一幕幕真實清晰地展現在您眼前。

⑫8

古典到現代

張健 著

涵泳於中國文學數十寒暑而樂此不疲的張健教授，在本書中除用粗筆勾勒歷代文學抽象的思潮外，更以細筆描述陶淵明、杜甫、孟浩然、王國維、魯迅、張愛玲……等文學家具象的風格與作品。篇篇都以作家的詩文為其依據，引領讀者一覽文學之美。

⑫⑨ 帶鞍的鹿

虹影 著

由一幅帶鞍的鹿畫中，牽引出一樁奇異的命案，主角和死者有著什麼樣的糾葛？帶鞍的鹿畫中又暗示了什麼樣的命運？

作者以其深沈的筆調，藉著本書各篇小說，帶領讀者走向人類心靈的深處，去探索深藏於內心的桎梏。

⑬⓪ 人文之旅

葉海煙 著

本書作者以「人鏡」自任，用經世的情、關懷的筆，鏡映出人文百態。全書集結作者對自我、社會和文化等面相的諸多觀察及反思。一字一句，皆為知識分子的圓融智慧與淑世熱忱；一言一語，盡是紛乘社會的暮鼓晨鐘。

⑬① 生肖與童年

小民 著
喜樂 圖

十二生肖在每個農曆新年來臨時，都為年節的歡樂帶來一股高潮。這些可愛的動物們，為童年的生活增添了無限的趣味。本書紀錄了作者對於十二生肖的情感，和童年難忘的美好時光。加上喜樂先生細膩的插畫，讓生肖與童年的故事，一一鮮活起來。

⑬② 京都一年

林文月 著

京都是一個新舊互容的都市，有著高樓矗立及寬敞的街道，又存有古典風味的低矮木屋與不平的石板路。作者在京都的一年中，品味著這古都對文化保存、人情往來及文藝活動的諸般樣態，藉由她的生花妙筆，使讀者沈湎於京都典雅、優閒的情調。

⑬③ 山水與古典

林文月 著

山水景致，勾起了幾許文人的多愁善感；而古典文學，又蘊含著多少古人的人生情懷。本書探討著古典作品和詩人之間的關係。筆調輕鬆而不輕浮；題材古典絕不枯燥。且邀您一同進入詩人的筆墨之間，翱遊在山水作品的世界裏。

⑬④ 冬天黃昏的風笛

呂大明 著

旅居法國的作者呂大明女士，以其一貫典雅柔美的風格和精致細膩的筆觸，表達出她對生活、自然的樂觀態度。她如詩般的作品，仿如一幅幅精美瑰麗的圖畫，靜靜地訴說著對美好人生理想的浪漫情愫。

⑬⑤ 心靈的花朵

戚宜君 著

本書作者一生從事文化的傳播工作，積累數十年的工作經驗及閱讀習慣，創作出一篇篇詞美意深的勵志散文。除了用以傳達理性的知識和感性的情懷外，並深切期望本書能敲開你的心扉、溫暖你的心靈，進而耕耘你的心田，綻放出美麗的心靈花朵。

⑬⑥ 親戚

韓秀 著

人間真情不分種族國界；世間的溫暖存在每一角落。在有風有雨的日子裡，亦或在恬淡如鏡的歲月中走過，是否有如詩般美麗的故事令人難以忘懷？是否忘了去感激那些曾經陪著你、關懷你的人呢？靜下思慮，就讓韓秀的慈心慧語洗滌你久未感動的心。

⑬⑦ 清詞選講

葉嘉瑩 著

清詞之盛，號稱中興，其作者之多、流派之盛，以及其對詞集之編訂整理，對詞學之探索發揚，種種方面之成就，固已為世所共見。作者以其豐富的文學涵養，旁徵博引地賞析其所鍾愛的清詞，相信定能讓讀者流連忘返於清詞的世界中。

⑬⑧ 迦陵談詞

葉嘉瑩 著

本書為以詩詞涵養享譽國內外的葉嘉瑩教授，繼《迦陵談詩》之後又一精緻力作。從詩歌欣賞入門到分析溫韋馮李四家詞風，兼論晚唐五代時期在意境方面的拓展等，作者以其細膩的詩心，帶領讀者一起感受詞中的有情天地。

⑬⑨ 神樹

鄭義 著

曾以《老井》獲東京影展最佳編劇的作家鄭義，在因八九民運遭當局通緝而流寓異國之後，他以一個村落、一棵「神樹」，具體而微地映現當代中國的重重劫難。形象化的語言，原始潑辣的書寫，在魔幻詭麗的背後，透露出對生命與死亡的真實關懷。

⑭⓪ 琦君說童年

琦君 著

每個人都有童年，不管是苦是樂，回憶起來都是甜美的。善於說故事的琦君，與您一起分享她魂牽夢縈的故鄉與童年。篇篇真摯感人，字裡行間充滿了愛心與情義，在欣賞琦君的散文之餘，更別有一番溫馨感受，是一本老少咸宜的好作品。

⑭ 域外知音

張堂錡 著

本書作者張堂錡先生歷年來針對世界各國知名漢學家進行訪談，透過感性的筆觸，生動的文字敘述，道盡了這群域外知音漢學研究生涯的甘苦，因這一路執著不渝的採拾和耕耘，呈現繽紛絢麗的色彩，並給予中國人新的研究觀點，重新檢視自己的文化。

⑭ 遠方的戰爭

鄭寶娟 著

當地理上應該是遠方的戰爭，而我們已能同步掌握其狀況時，地球村的思維方式已不是口號，而是現實。以更宏大的視野看待這世界，以更深入的態度反省既存的觀念，將曾經事不關己的遠方納入思維，於是你會發現心可以更寬廣，生活也會更豐富。

⑭ 留著記憶・留著光

陳其茂 著

作者的刻畫世界總讓人有無盡想像的空間，又傳遞著溫馨美麗的情感。此書收錄作者生活及其於國外遊歷時所記下的作品，點點滴滴，時而讓人會心一笑，時而讓人溫情滿懷，更有異國風光、園野之美呈現在版畫及真摯的文字裏，值得細細品味。

⑭ 滾滾遼河

紀剛 著

那是個遙遠的年代，那是個古老得近乎神話的故事。大時代的洪流中，上演的是一幕幕民族興亡、兒女情長。今日的人們也許早已淡忘，但歷史永遠不會忘記他們。就讓本書來為你溫習，屬於那個時代的中國人以血淚寫成的不朽傳說。

⑭⑤ 王禎和的小說世界

高全之 著

以〈嫁妝一牛車〉、〈人生歌王〉等小說及劇本著稱於世的王禎和，擅長描繪臺灣社會中的倫常、愛情，以及患難互助的友情，筆觸真實感人，在臺灣文學史上有很重要的地位。本書以專業的分析及討論，帶您進入這位文學巨擘的筆下世界。

⑭⑥ 永恆與現在

劉述先 著

本書為當代思想泰斗劉述先教授，繼《哲學思考漫步》之後又一結集力作。透過文字，讀者不僅可以了解作者如何通過自己的哲學理念去面對當前政治社會的現實；更有甚者，也可在作者哲學思路的引領下，重新思考，再對現實有深一層的體悟。

⑭⑦ 東方・西方

夏小舟 著

東方古老神祕而透徹，溫情而淡漠；西方快樂的吉他演奏悲情的歌。長年浪迹於日本與美國的作者，如同一葉小舟，以其豐富的情感，敏銳地觀察異國生活情趣不同面貌，進而以細膩文筆記錄下來，使讀者能藉由閱讀和其心靈有最深切的契合。

⑭⑧ 嗚咽海

程明琤 著

作者以行世的闊步、觀想的深情，帶領讀者閱歷世界——一同憑弔瑪亞文明的浩劫災難；吟咏廬山的懸松傲柏；繫情塞歌維亞的夕輝斜映；漫遊唐吉訶德的故鄉。更以人文的關懷，心靈的透悟來探思文化、體驗人生、拓昇智慧。

⑭⑨ 沙發椅的聯想

梅新 著

擔任中副總編輯多年，梅新先生經歷了文化界的春去秋來，看多了人事的起伏，由他敏銳的觀察力所發抒成的文字，也更能扣緊時代脈動。本書包含作家訪談、藝文評論、生活自述，透過這些真摯生動的文字，我們彷彿見到一幅筆觸淡雅的文化群相。

⑮⓪ 女子有行

虹影 著

以前的女性小說封閉於自我個人的內心世界，不斷地重複個人的有限生活經驗，而作者此著的三部曲打開了一個廣闊的視野，是漢語寫作迄今為止最具叛逆性的一次女性寫作，也是當代中國女性寫作的一次奇觀。

國家圖書館出版品預行編目資料

遠方的戰爭／鄭寶娟著. --初版. --臺北市：三民，民85
面； 公分. --(三民叢刊；142)
ISBN 957-14-2512-5（平裝）

855　　85011582

國際網路位址 http://sanmin.com.tw

著作人 鄭寶娟
發行人 劉振强
著作財產權人 三民書局股份有限公司
臺北市復興北路三八六號
發行所 三民書局股份有限公司
地 址／臺北市復興北路三八六號
郵 撥／〇〇〇九九九八——五號
印刷所 三民書局股份有限公司
門市部 復北店／臺北市復興北路三八六號
重南店／臺北市重慶南路一段六十一號
初 版 中華民國八十五年十一月
編 號 S 85350
基本定價 叁 元
行政院新聞局登記證局版臺業字第〇二〇〇號

ISBN 957-14-2512-5（平裝）